文芸社セレクション

# アサガオ

## yasukoのブログより

眞貝 康子

SHINGAI Yasuko



文芸社

# 目次

# アサガオ

yasukoのブログより

# 一緒に歩きたかったね

２０１４・９・27（土）

昨日カフェで久々に友と語り合った。

行楽の秋を迎え、何処かへ行きたいわね。

でも、夫婦で行きたかったわよね。

お互いにやっと二人きりの時間が持てるようになった矢先に、私たちは時を前後して夫を喪った。

その哀しみはなかなか癒えるものではない。

季節が変わっていくたびに、二人だったら今何をしていたかしら？

私が悩んでいる時、彼はなんと言ってくれるかしら？

何処へ行こうか、と問いかけたらきっと地図や時刻表を出して来てプランを立ててくれるだろうな。

矢張り夫とは子育て中以上に二人きりになってから寄り添っていてこそ素晴らしいものだと思う。

寡婦になって自由にできるじゃないの、と言われたこともある。

何が自由になるの？

私はいつも夫に支えられて自分の行動を妨げられたことはなかったわ。

今朝も早くにお出かけの支度をして駅への道を急ぐ。

車窓から飛び込んでくる青い空には秋の雲が広がって、はるかに海も見える。

山々は少しずつ秋色に染まっていく様だ。

私の大好きなこの景色。

夫と二人で眺めたかったたな。

そして、いつか行こうねと約束していた万葉の古道も、熊野古道にも二人でゆっくり手を取り合って、労りあって一緒に歩きたかった。

## どこまで遊びに行っていたの？

2015・1・31（土）

睦月も最後の日となった。

今朝、沼ちゃん（わが家の前の川にまいおりた白鳥）に会えなくてさびしかった。

昼前にも土手を歩いて駅まで行ったのだが白鳥はいなかった。

とても心配だった。

怪我でもしてないかしら、犬や猫に襲われないかしら……。

4時半過ぎ、また家に寄らずに土手をずっと西の方まで歩いて探した。

丁度東のこちらへ向かって泳いでくる。

アッ、いた。

嬉しかった。

私の帰ってくる時間に合わせて隣町の方から帰ってきてくれたみたいだわ。

何処まで行っていたのよ、お母さんを心配させて……。

河原のない所は泳いで、我が家の近くまで来ると緑の草がいっぱいある平らな河原に上がって草を食む。

泳いでいる時も、河原を歩いている時も、私は一段上の土手を一緒に歩いた。

結構その速度が速いもので、私も写真を撮りながら駆け足だ。

草を食べ始めるとなかなか移動しない。

目の前には富士山が雲を払って真っ白な姿を見せてくれていた。

白いお月様も見えた。

白鳥は羽を広げて内側の白いところを見せてくれた。

未だこの子の飛んだところを見たことはない。

でもシベリアから飛んできたのだろうな。

暖かくなったらまた飛んでいくのだろうな。

寂しいな。ずっと、ずっとここにいてくれないかなあ……。

可愛くて、かわいくて……。

## リトアニア紀行

2015・9・7(月)

8月19日早朝、沼津駅よりバスで成田空港へ。

フィンランド航空で一路ヘルシンキへ、それからリトアニアへは約1時間でまだ明るいヴィリニュス国際空港へ到着。

今バルト3国ツアーは人気のようで、沢山の中国人や日本人のツアー客がいた。

私たちは国際ソロプチミストヴィリニュスオールドタウンクラブ認証20周年記念式典に参加するため、7名で日本を飛び立った。

当日は現地会長のご両親のファームに招待され歓迎夕食会が開かれ、広い農場の白樺の木立の中に大きな太陽が沈む時で眩いばかりの美しさだった。

会長のご家族と会員、そしてわがクラブのメンバーにわが親友フィンランドのマリアンネ会員も加わり楽しいテーブルを囲んだ。

リトアニアといえばビーツのスープとほくほくした獲れたてのじゃがいも。各種ベリー、お肉やワインなどが次から次に出てきて、食べ過ぎないようにと心に誓って行ったものの、思いは俄かに崩れてしまった。

夜が更けても薄暗いのでちょっと不思議な感じがする。

当初、私とマリアンネはヴィリニュス大学教授夫妻の家に宿泊の予定だったのだが、教授夫妻の科学者のコングレスがインドで行われ、日程の変更があったのか不在のため、教授夫妻は私たち二人のためにホテルを用意してくださってあった。

冬には会ったが、夏に会うのは久しぶりだったマリアンネは相変わらず落ち着いていて元気であり、同い年とは思えない。どうしてもお姉さまだ。

第1夜は更けて行き、翌日から市内観光やお城、教会など、会員たちのガイドや市内観光バスにも乗った。

カトリック国であるが、長くロシアの占領下にあったので、ロシア正教会もいくつかある。

そのうちの一つのロシア正教会で3体のミイラを見た。

金曜日土曜日は沢山ある教会から何組かのウエディングのカップルが現れ、遠いリトアニア大公国時代のトラカイ城へ行った時も湖畔を歩くカップルの美しさに見とれた。

冬、氷の張ったトラカイ城へ教授に連れていってもらったので2度目の訪問であったが、やはり冬と夏では趣が違った。

観光が終わった後、大統領官邸に連れていっていただいた。

日本では皇居内をくまなく見せて戴くことなど叶わないのに官邸をくまなく説明付きで見学させていただいた。

先ずセキュリティーは空港並み、いやそれ以上かもしれない。

靴にはビニールのカバーをつけて絨毯を踏まないように注意して歩いた。

22日の夕刻からはフレンドシップを結ぶ世界各国から100名以上の会員たちが集まって20周年記念の式典が繰り広げられる。

日本人は何人かが着物を着て、マリアンネも民族衣装で臨んだ。

この日後から見えた日本人会員夫妻も加わって9名の日本人は注目を浴びた。

とりわけ会員のお孫さんの艶やかな成人式のお振袖は見事だった。

始まる1時間前にインドのコングレスから帰国し、会場にいたアウレリア教授夫妻に再会。

私はユオザス教授にカメラを預けて皆さんとの交流とお食事に専念できた。

夜も日付が変わる頃、教授夫妻にホテルまで送っていただいて、翌日は教授のサマーハウスに宿泊することを約束して別れた。

23日の朝ご夫妻でお迎えに来て下さり、懐かしいサマーハウスに行った。

留守中に娘さんのモニカがお掃除をしてくれてあったとか。

19日は息子さんのヴィータスとお孫さんのマンタスがお迎えを引き受けてくれたが、家族総出の歓待を受けた。

途中スーパーで食料の補給をして、到着後ただちにベッドメイキングと夕食つくりにお二人は精を出された。

インドから帰ったばかりで休んでいないお二人のことを考えて、もう一泊ホテルにしようとしていたのに……。

私は3回かな、御自宅もサマーハウスも経験していたが、マリアンネは5年前に初めて来たのだそうだが、二人で宿泊するのは初めて。

インドは43度だったという。23度くらいのリトアニアに帰ってきて、夜は12～3度、暖炉に火を灯した。

話は山ほど……お疲れも見せず広いお庭に出てベリーを摘んだりお花を眺めたり……。

翌日は遺跡博物館へ連れていっていただいた。

歴史資料館でまだ新しく素晴らしいものだった。

周囲には登呂遺跡のように、昔の丸太小屋がいくつもあって、集落の様子も知ることができた。

古い教会の入り口には大きな石像があって、よく見たらモーゼ像で二つの石板を持っていたから十戒を掲げた像だ。

アウレリア教授のご母堂は91～2歳だが一人で早足でスタスタと上り坂でも下り坂でも歩かれる。

冬もご一緒したが、私よりよほどしっかり雪や氷の上を歩かれた。

従姉さんもご一緒で、ランチは小高い丘の上の大きなアウトサイドのレストラン。

眼下には曲がりくねった川と森林があって、もったいないほどの眺望。まぶしいばかりの太陽が照りつけていた。

私たちはやはりなんといっても、憧れのピンクスープとツエッペリナイをいただいた。

かくして24日の午後にはヴィリニュス空港へ。

お土産はやはり有名なシャコーティス。バウムクーヘンなのだが、形が実にユニークで、ドイツがオリジンではないのよ、リトアニアがバウムクーヘンのオリジンなのよ……といつも言われる。

でもドイツのバウムクーヘンとは形も違うし樹の形をしているからそういうのかもしれないが、とにかく1個作るのに卵100個使うと言うのだからびっくり。ドイツのバウムクーヘンは年輪を表わしているが……。

買ったは良いけれどただでさえ大荷物なのにどうして壊さないように日本まで持ち帰れるか……買う時には考えもしなかった。

教授夫妻との再会を誓ってヘルシンキへ。

リトアニア5泊6日の旅を終わった。

初めから終わりまで、楽しい楽しい旅だった。

次回個人的に訪れるときは、クロスヒル、いわゆる十字架の丘や、琥珀のよくとれるクライペダや隣国ラトヴィアに行きたい。

## 小京都修善寺へ

2016・10・10（月）

北条氏が住んだ修善寺の街は小京都と呼ばれ、モミジの美しい街。

でも今日はまだ早かったかな。

英会話のお仲間3人で今日は修善寺に行った。

我らの師であるシュクリシュナ先生の主宰するポリバル（ベンガル語で家族）の会ができて20年、先生が日本に来て30年、タゴールが初めて来日して100年という記念すべき年に、インドから有名な歌手をお招きして歌とダンス、舞踊劇の大舞台が開催された。

4か月間生徒さんたちと一生懸命お稽古をして、今日はその晴れ舞台。

異文化に触れる素晴らしい一日だった。

私は毎週のように先生と英会話でお世話になり、時々国際交流フェアでサリーのモデルになったり、インドの文化には触れる機会が多いけれど、今日のようにインドから招かれた有名な歌手さんのインド音階のタゴールソングの生の歌を聴くことができたのは素晴らしかった。

歌手のお一人は先生の弟さんで1部の最後に姉弟の歌と踊りが観られたのは、初めて。

2部ではチョンダリカという舞踊劇。

カースト制度の最下層民の娘のことで、アンタッチャブルの女が、誰も彼女に近寄らないのに、僧侶に自分が差し出した水を飲んでくれたことで、彼女はその僧侶に恋をしてしまう。

人間はみな平等であると知って仏教によって救われた娘の物語で、とても感動的な舞踊劇だった。

シュクリシュナ先生はタゴールを愛し、日本でタゴールを紹介し、インド文化を広めてきた。

インド刺繍、インド料理、インド舞踊、英語、ベンガル語、油絵などいくつものお教室を持ち、ご自身の趣味で箏曲、陶芸、書道、俳句など幅広く日本の芸術にも挑んでおられる。

まさに八面六臂のご活躍ぶりである。

私の出版した〝アガパンサス〟の表紙の絵を描いてくださったのも先生。

私にとってシュクリシュナ先生との出会いは芸術に対する目を開いてくださった。

終演後、聴衆の殆どの人が素晴らしいミュージカルのようだった…と感動を声に出しておられた。

生徒さんたちのインド刺繍の数々も展示され目を見張っておられた。

ポリバルの会20周年おめでとうございます!!

帰るころは涼しくなっていたが、車の窓から見える豊かな田園風景は修善寺らしい、のどかな風景だった。

実るほど頭を垂れる稲穂かな……見事な稲田を眺めながら帰り道を急いだ。

## 日本語教室・インド人に認知症患者がいない理由　２０１６・11・19（土）

今朝は雨降りだった。

昼すぎ日本語教室のために出かけた。雨は止んでラッキーだったが、駅近くで小雨が降ってきた。

会場の沼津市立図書館に着いたら、雨はすでに止みやはり私はラッキーなのだ。丁度市役所退職者有志の芸術展をやっていて、教会のお仲間がいくつかの展示をしてあったので鑑賞。

今日の教室はマンツーマンのクラスで、とてもやりやすかった。

インドネシアの若い女性だったが、ひらがなもカタカナも全部読み書き出来て、お話もよくできた。

ただカレンダーがちょっと難しかったかな……。

でも楽しいクラスだった。

終了後は部会でいくつかの討議がなされ、終わって図書館を出るときにはすで日が落ちて、バスで帰宅したら真っ暗だった。

これから冬至まで日が短くなるのだなあと、何となく心細くなる季節。

今日友人がカレーを食べることの効用を話してくれた。

英語仲間なので、もう昨年か一昨年にも石井シュクリシュナ先生に伺っていたが、インドには認知症患者がいないという。

先生は見たことも聴いたこともないとおっしゃっていたが……。

毎日カレーを食べているからだと。

ターメリックやいくつかのスパイスが良いらしい。

友人はテレビでその話を聞いたので、来週の英会話の時に英文にしてお話しするわね……と。

以前にターメリックが良いと聞いたとき、上野でインド産のターメリックをたくさん買ってきてもう使い切ったようだが、私は食べ始めるのが遅かったのか、毎日食べていないからか、少し物忘れが多くなってきている。

先週の水曜日はインド料理屋さんにコートを忘れ、昨日はハワイのペットボトルで小さくてお気に入りだったが、ホルダーと一緒にどこかに忘れてきてしまった。

先週の英会話の時もカレーを食べに行ったので、その話をしたが、日本に一番最初にカレーを伝えた人の話。

その時は覚えていたが今は名前を忘れてしまった。

インド人だった。新宿中村屋のお嬢様と結婚した方だとか。

インド人だけでなくインドから独立した国々の人たちも、インド国内でも北部、中部、南部でいろいろな種類のカレーがあるが、インターネットで調べたら、幕末にはすでにカレーがコルリという名前で食されていたとか。

私は現役時代、仕事で帰りが遅くなる時はいつもメニューはカレーだった。

作り置きができて簡単で、子供たちが大好物だったから、たくさん作ってご飯を炊いて、簡単なサラダを作っておけば、子供たちだけで食べてくれたからとても便利なメニューだった。

今高齢化社会になって、一番問題になっているのが認知症患者の多いこと。

インドでは認知症患者はいないわよ、というシュクリシュナ先生のお言葉を、初めて耳にしたときはそうなの?と疑問に思っていたが、今日の友人のお話を聞いて、やはり毎日カレーをいただいた方が良いかしら、と思っている。

インドの人たちはカレーを食べない日はないという。2~3種類のカレーをナンやライスとともに食べるようだが、毎日違う種類のカレーなので、飽きることはない様だ。

来週水曜日の英会話で、お姉さまのお話を聞くのが楽しみである。

因みにお姉さまがさっそく今日はカレーにするとおっしゃっていた。

## 人生最高の誕生日

2017・4・29(土)

私は、終戦を迎える年の昭和天皇陛下のお誕生日にこの世に生を受けた。

物心ついて、どうして国民が国旗を掲げてお祝いしてくれるのかがわかり、今思えば光栄なことだと思う。

生まれ落ちた日以来今日に至るまで、祝日で嬉しい。

今日は友人が会社のイベントで昭和の日を選んでビッグなコンサートを開いてくれた。

しかも沼津御用邸記念公園で。

新緑に囲まれ駿河湾、富士山、箱根連山、沼津アルプスに囲まれた最高の歴史と文化の息吹の中でオペラ歌手によるコンサート。

私にとってはバースデーコンサート。

しかも大好きなテノールの角田和弘先生、歌姫ソプラノの楠野麻衣さん、ピアノは大園麻衣子先生の大物がそろって、めったに聞かれない演奏を広大な庭園に、また駿河湾に響かせた。

野外コンサート、しかもマイクなし……驚異的な熱唱が聴衆の胸に染みわたった。

これぞ藤原歌劇団屈指のオペラ歌手なんだと皆さん思われたことだろう。

楠野さんについては世界でも3オクターブの〝ファ〟が出る歌手は100人いるかいないかだと言われるが、私は彼女にプログラムの決まる前から〝夜の女王〟を歌ってねとお願いしておいた。

先生方から今日お誕生日の方がいらっしゃるんですよね……とプレゼントが。

先生からは今日に間に合わせて急ピッチで作成した3枚目のCDがサインとメッセージ付きで贈られた。

お心遣いに感謝である。

私は今日コンサートを聴けるだけで幸せだと思っていたのに、皆様から心のこもったお祝いをしていただき人生で最高の誕生日となった。

ティヴォリオタントべーネは私のために…とか……。私は即座に奥様に叱られますと……。

面白い先生。

とにかく今日のコンサートは大成功。スタッフを合わせて約100名以上が集まった。私も少しは協力を惜しまなかったが、主催者一人で動き回って集めた聴衆。素晴らしい！　大きな沼津の文化向上につながったと思う。

文化センターさんからも国会議員さんもお見えになってご挨拶をいただき、教育長様もメッセージを下さり皆さま称賛して下さった。

御用邸とのかかわりとか皇室とのかかわりなどをお話しいただき、私も少しだけお話しした。

めったにお会いできない人ばかりなのに、大先輩は淡々とお話しになられ、素晴らしかった。

〝皆さまこんにちは！

良いお天気に恵まれた今日は昭和の日。

昭憲皇太后陛下がご滞在になり、明治の元勲の多くがこの御用邸近辺にお住まいになられました。お体の弱かった大正天皇陛下がご静養になり、貞明皇后がこよなく愛されたこの沼津御用邸は昭和天皇陛下の御学問所として活用されました。

沼津市は富士山・箱根連山・沼津アルプスなどの山々と駿河湾に囲まれた風光明媚な街で、新鮮なお魚や、私の幼いころは桃や野菜の産地としても有名で、桃の郷と書いて桃郷と申しました。沼津に御用邸があることを誇りに思い沼津の宝だと思っております。

昨年沼津御用邸が名勝指定となりましたことを祝し、この御用邸をもっともっと多くの方々に愛していただきたいと今日、昭和の日を選んで文化的なイベントを行いたいという中野様のご発案で、オペラコンサートを開催する運びとなりました。

コンサートに先立ちまして、御用邸、あるいは昭和天皇陛下に係わるエピソードなどを栗原たつ子様にお話しいただきますが、不肖私が前座を務めさせていただきます。

私と沼津御用邸との係わりは別に何もございませんが、たまたま母の実家が島郷で、幼いころ夏休みになると毎日のようにこの海岸で遊び大きくなりました。父は皇宮警察で御用邸の警備にあたっており、母を見染めて結婚したと聞きました。

そして私が生まれ落ちたその日から本日に至るまで、日本国民の皆様がこぞって国旗を掲揚して祝って下さいました。

そうなのです、昭和天皇陛下のお誕生日に私は生まれたのです。

物心ついて以来、どうして私の誕生日に国旗を揚げるのかがわかり、また小学校へ入ってから今日に至るまでずっと祝日であるいうことは私にとって、とても嬉しいことです。

御用邸記念公園が沼津市振興公社の管轄であったつい最近まで理事の一人として係わり、現在も沼津の文化向上を目指して小さな力ですが一翼を担っております。

一沼津市民として、この沼津御用邸が市民憩いの場として、また文化活動にもっともっと活用されますことを切に願っております。

それでは栗原たつ子様に陛下とのエピソードなど、そして音楽との係わりについて私たちには経験できないお話を語っていただきたいと思います〟。

これは私の挨拶。

コンサートが始まるともう夢の世界。

こんなに素晴らしいコンサートがあるかしら……。企画してくれた中野様に感謝。

沼津オペラ協会主催では、11月4日に２００人規模の角田和弘とトリオベルカントのコンサートを成功させ、やがて沼津でオケバージョンのミュージカル〝オズの魔法使い〟をやりたい。何年か後には全幕物のオペラをやりたいと胸は膨らむ。

それにはまず健康でいなければ。

お誕生日ごとに若返っていかなければ……。

コンサートの後、先生方と未だ勝田香月の〝出船〟の歌碑を見ていない人のために千本公園に行って沼津名物のアジの干物をプレゼントして打ち上げに。

何だか打ち上げも私の独演会みたいになってしまったかな……。

まあ私の誕生日だから許していただこうか。

フェイスブックで最近手相のことが出ていて、開いたとき真ん中に〝M〟の字がある人は3日ぐらいの間に誕生日を迎えると良いことがあるとあった。

正に私はその幸運を与えられたのかな、人生で最高のお誕生日となったのだもの。

また何と言っても幸運だったことは、朝から良いお天気で、各地から集まった方たちは富士山を見ることができ、御用邸を散策することができ、最高のコンサートが終わったのである。引き上げたときにわかに雷が鳴ってお天気雨。

でも車を降りると雨は上がるのだから、神様は私たちを守って下さっていたこと。

私は晴れ女なのだ。

## 未亡人って未来に希望をつなぐ人

２０１７・12・25（月）

今日はクリスマスの日。でも教会暦では昨日がクリスマス主日礼拝日。

今日は新しい年の始まりの日。

昨夜は一人で楽しくクリスマスプレゼントの山を引っ張り出して一人一人の顔を心に浮かべながら紐解いた。

お誕生日とともにプレゼントの多い楽しい日である。

早く休んだので夜中に目を覚まし、フェイスブックをチェックしていると大勢の外国の方々からメリクリのご挨拶が……。

一つ一つ返信していると結局時計の針は進み、改めて起きたのは8時半になってしまった。

食事の支度をして朝食は9時を回り……。

朝寝坊は1日が短くなる。

今日も良い日で、太陽の光は燦さんと座敷の中に入り込んでいてこちらの部屋ではエアコンがいらない。

溜まっていた録画を観ていたら、トットちゃんのとある回でママのちょっちゃんが言った言葉がなぜか耳に残った。

未亡人って未来に希望をつなぐ人よね……だったかしら。

貴方に尽くしてきた人生は終わったから、これからの人生は私に下さいね……。

寂しいからってお迎えに来ないでね……。

そして彼女はエッセイを書き朝ドラになり、活躍して自分の人生を切り開いていった。

未亡人になると、ついつい引きこもりがちになり、将来の不安ばかり抱え、出来るなら早くお迎えに来てほしいと思うもの。

でもそれではいけないんだ。

これからは自分の人生を着実に歩いて行くのだ。

経済的には恵まれないけれど、その中で小さな幸せを探して自分なりの幸せを感じられれば良いのではないか。

私には才能も教養も財力も体力もない。

でも音楽を聴いていると心が安らぐ。

今まで結構無理をして誘われるまま、また自分が行きたいと思うと行ける範囲内で、コンサートに行った。

その時は心癒されて帰って来るけれど、次から次へでは財力も体力も持たない。

尊敬するある方に言われた。

もうあちこち出かけて行くのはおやめなさい。

ここぞという時だけ選んで行くようにして……。

自覚して新しい年を迎えたら控え目にしましょうと心を決めた。

そしてこの沼津市に於いてクラシックを広めていくお手伝いを中心に、ボランティアも控えめにして自分の時間を作らなければ。

新年度からは地域の婦人部のお役も回ってくるし、1年間は頑張らなくては。

なんといっても体力をつけなければ、それには筋肉をつける努力をしよう。

タンパク質を摂って、運動も少しやって、姿勢をよくするように心がけよう。

未来に希望をもって召される日まで強く生きて行こう。

友人はいっぱいいても、みんな遠いところにいて、結局自分は一人で自分を守っていかねばならない。

生まれたときも死ぬるときも一人。何だか悲しいけれどそれが現実かな。

一人の時間を楽しむ努力。

でも一人で落ち込まないで外に出て行かなければならない。

今日は夕方お出かけして有志の忘年会に参加する。

お昼ご飯は控えめにして……。

## 自分の目標〝か・き・く・け・こ〟　2018・2・8（木）

今朝は一度早い時間に起きたので結局2度寝をしたら遅くなってしまって……。

10時からの国際ソロプチミスト駿河の会議に間に合うかどうか微妙なところだった。

会議と言っても報告だけで、FAXや電話でも良いくらいなので来ない人が多かったが……。

私にはそれができない。

大急ぎで支度をして沼津駅からはタクシーで何とか間に合った。

15分ほどで終わって、会場の1Fで開催されていたつるしびな愛好会の展示を鑑賞しながら、自分にもこんな手作業ができると良いなあと思いながら目の保養。

お仲間が皆さん、私の腫れぼったい目を見て「どうしたの？」と言う。

逆さまつげなの……。毎月1回抜きに行かないとこうなるのよ……。

まつげを植毛したいのに抜くの？

まつげが生えてくるとは思っていないみたい……でも同じ方向で伸びてきて角膜を傷つけるのだ。

今日午後にでもせっかく沼津に出てきたから眼科に行きたかったけれど、木曜日はお休みなのよね……。

大変だけどまた明日出かけてこなければならないの……。

昨夜4月9日に開催の決まっている藤原歌劇団主催のオペラランチコンサートのチラシとチケットが角田先生から送られてきたので、急遽打ち合わせができるかなあ……と関係者に電話したら、皆さんＯＫで。素敵なお仲間。

お天気も良く風はないので私としては珍しく会議の開かれたサンウェルという会場から沼津駅北口まで歩くことにした。

朝自宅から最寄り駅までの距離も合わさっているけれど約4500歩あった。

家に居ると、500歩も歩くことはないのに……。125歩なんていう日もある。

まあ私にとっては画期的な日になった。

3年くらい前まで数年間毎日早朝散歩で15000歩は歩いていたのに、肺炎でお休みして、その後膝関節を痛めて以来少しも歩いていない。

平地を歩くのは以前も苦にならなかった。少しでも坂があったり階段があると心臓がハアハアしてしまうので、今日のような平たんな道は大丈夫だった。

沼津駅北口にある沼津一美味しい行きつけのイタリアンの店に集まってチラシやチケットを分けて、運営について少しお話をして、おいしいランチ。

このところ太りすぎなのでシェフにヘルシーメニューにしていただいて……。余りにも美味しいので完食。お喋りの時間の方が長かったかな……。帰りは家まで送って下さって早く帰れたのでまたテレビの録画を楽しむ。久々に〝徹子の部屋〟を観た。毎日録画しているけれど観たい人の分以外は消している。

今日は小山明子さんだったのでじっくり観た。小山さんって最初に観たのが〝氷点〟だった。私は三浦綾子さんの大ファンで、小説はむさぼるように4回読んだ。小山さんには冷たい美人さんというイメージが消えなかった。でも17年間もご主人の介護をなされ立派な息子さんたちを育てられ、80歳を過ぎても講演会などご活躍していらっしゃるので最初の印象はなくなっていた。映画の役柄でその人への見方も決まってしまうのは良くないな……。昨年だったか骨折したり、乳がんの手術をされたり大変な年だったようだが、今はお元気で、毎日を楽しんでいらっしゃる。素敵な方。

彼女がご自分の目標を〝かきくけこ〟で表したと話された。
か……感動する・感謝する
き……興味を持つ

く……工夫をする
け……健康である
こ……好奇心を持つ、転ばない
転ばないは骨折後に付け加えたのだとか。素晴らしいと思った。

子育ても終わり、夫の介護にも尽くされ、ご自分のお仕事もなされ今が最も自由で幸せな時であろう。人生を謳歌していらっしゃる。

私は不器量で彼女のようにはなれるわけもないが、何にでも前向きで毎日を楽しんでおられる姿は目標になるかな。

秋川さんもよくコンサートの時トークの中で言われる。「皆さんはこれからの人生の中で今が一番若いのだから前向きに生きていきましょう」と……。

そうよ、今日が明日より若いのだから……。

愛し、尊敬してきた日野原重明先生は召天されてしまったけれど、２歳年下の篠田桃紅先生はかくしゃくとしていらっしゃる。

篠田先生を目標にこれからも〝かきくけこ〟の気持ちをもって生きていこう。

今日のティータイムは黄原亮司氏のＣＥＬＬＯで〝鳥の歌〟。

ネットである方の投稿を読んでいたら、黄原先生の人となりが良く語られていて、ますます先生にひかれていく。

お稽古の時先生に〝鳥の歌〟をひいていただいたら心が震えたとか……。たまらないほど感動されたようだ。それくらい素晴らしい音色のチェロを奏でる先生なのだ。

中国13億の人口の中で神童と言われ、田中角栄首相の前で演奏をされた先生は、その2年後文化大革命で音楽家として生きる道をあきらめたとか……。

憧れの日本に来られても言葉や生活で苦労をされ、たまたま芸大の先生の前で演奏を聴いていただける機会に恵まれすぐに芸大に来なさいと言われ卒業され、自分の属していた上海交響楽団と提携のあった東京交響楽団に入団され現在に至っておられるわけだが、人生すべからく努力と信念、そして素晴らしい出会いかな……。

音楽で生きる道を捨てようと思われたときもあったけれど、自分にはＣｅｌｌｏがあると、思いを捨てないで頑張られた先生だからこそあの優しい音色が奏でられるのだろう。

日野原先生はよく言われた。

外に出てみなさい、そこには新しい出会いが待っている。

新しい人と、若い人と交わりなさい。

鳥はその飛び方を変えることはできないが、人はいつでも生き方を変えることができる。

まだまだ先生の金言はたくさんあって、いつも先生のお言葉に励まされてきた。これから何年、生かされるかはわからないけれど、一日一日の命をいただいたことに感謝して、明日も楽しく前を向いて生きて行きたい。

## 2度目の中国への旅

2019・2・25（月）

2019年2月14日、東京交響楽団室内楽メンバー10名と主催者とともに、中国への演奏旅行に幸運にも同行させていただくことになった。

半年前の昨年8月、日中友好40周年を記念するオーケストラ80名のコンサートに行きたくて、初めて中国へプライベート旅行をした。まず西安に行ってシルクロード、西遊記、阿倍仲麻呂、空海をしのび、秦の時代の兵馬俑に感動し、京都の模範となった長安の都、唐時代の玄宗皇帝や楊貴妃の酒池肉林を垣間見る宮廷舞踊を餃子とともに堪能した。

そして本命はコンサートに行くこと。上海・杭州の観光は目を見張る近代国家中国をこの目で見て、従来から持っていた自分の中国に対する認識を覆すほどの衝撃を受けたのだった。上海でまた杭州での素晴らしいコンサートに酔いしれ感動の涙を流し、音楽の持つ大きな力、平和の力を感じた。このコンサートは日本と中国との友好親善の架け橋として音楽で両国の絆を更に深めるために大きく寄与したと思う。

その余韻のまだ残る今年2月半ば、おりしも旧正月の真っただ中の2月に北京に行くという情報を得て、ぜひ連れていってはしいと思い、やはり首都北京には行ってみたかったし、訪問したことのない新しい都市に対する魅力に私の我儘で同行を願い出たのだ。

当日は午前中のフライトだったのに北京空港が雪のため安全第一を旨として羽田空港に4時間足止めとなり、北京には大分遅れて到着した。

北京空港へは、中国国立音楽院教授夫妻がお迎えに来てくださり、私たちは3人で北京の市内観光を、でも遅れての到着で夕方から夜になってしまった。私は空港でリハーサルをする楽団員と別れて、まず国立音楽院を外から見て、オリンピック会場、そして鳥の巣や水泳プール、2020年冬のオリンピックでカーリングの会場になる競技場などをライトが次々に変わる素晴らしい光景の中を見学して歩いたのだった。

両腕を支えて転倒を防いでくださる優しさに感激してしまったが、これは翌日からの現地スタッフや、メンバーの皆さんにも言えることで、高齢者を大事にしてくださる国民性に感謝だった。

早く到着していたら、故宮博物館や宋慶齢の家なども見学予定だったようだ。でも、

5時までということで断念した。

天安門や官庁街をゆっくりドライブして道路の広さに驚いた。この広場には100万人が集まれるとか、13億とも14億ともいわれる人口の多さもあり、道路の広さに私は目を見張るばかりだった。

ショッピングモールに寄り夕食を共にし、ホテルに連れていって下さった。翌日は憧れの新幹線1等車に乗って快適な5時間の旅をして北京から上海へ移動。まず新幹線に乗るのに日本とは違い、あたかも飛行機に乗るようだった。厳重な荷物検査があることもびっくり。

時速は最高350キロの表示を確認したが、電光掲示版にニュースではなく時速が表示されるのは日本では見られないものだった。

上海でまずホテルにチェックインしてコンサートホールへバスで移動。

この日から私はメンバーとご一緒することになり、たっぷりリハーサルを見せていただき、コンサートってこうして準備され素晴らしい演奏会を作っていくのだと実感し、また多くのスタッフがいて一つのコンサートを成功に導いていくことに感動すら覚えたのだった。

メンバーは軽食で本番に臨み、私は観客席でコンサートを楽しんだ。

ホールの聴衆を見ると子供たちの姿が多いのにまず驚いた。

キッズのコンサートが日本でもよくあるが、今回のコンサートは純クラシックで格調の高いものであるのに、子供たちは物音ひとつ立てず静かに聴きいっていた。経済が豊かになり、これからの時代を背負う子供たちの情操教育に音楽を重視して取り組みを始めた政府の子供たちへの対応だと伺ったけれど、小さい時から良い音楽を聴くことは大変重要なことであり、やがてこの巨大国家を担う子供たちに対する教育に熱を入れる政府の援助が子供たちに施されている表れだと思った。それは次の鄭州、山西省での英才教育の実態は日本とは比べ物にならないほどだとか。

のコンサートホールでも感じた。

コンサートは全員で演奏する室内楽と管楽器、弦楽器とそれぞれ分かれて演奏する曲目とあり、いずれも素晴らしい演奏で春の声、アイネクライネナハトムジークなど、でも私は日本の名曲〝ふるさと〟の演奏に郷愁を、そして中国大草原の歌には深い感動を覚えた。

日本に帰ってまたぜひ聞いてみたいと思った曲である。

いずれのコンサートも開演は夜7時半で、働く人々にも時間が考慮されているのだろうか、親子で来ている聴衆が殆どだった。

終演後着替えと片付けで、夕食はいつも6時頃の私にとっては考えられない10時過ぎという時間に重い中華料理で心配だった。メニューは火鍋というわゆるしゃぶしゃぶで夜遅いところのメニューしかないのだとか。

次から次に出てくる豪勢な食材に舌鼓。普段では考えられないほどの食欲で、全てがおいしく、珍しい菊の花茶と棗に氷砂糖を入れて飲むお茶、小粒のピーナッツとともに好物になって食は中国にありと言われるが健康的なお食事に感心した。

医食同源という言葉も実際に出てくる食材に感動すら覚えた。

牛肉、豚肉、鴨肉、エビのすりみ、白菜や大根、昆布、お麩や春雨その他見たことのない食材がみな鍋に入れられ、好みのたれで頂く。私はもっぱら黒酢にゴマを散らしたたれで満足でした。昔から健康を守ってきた中国の料理、食べ物は全て理に適っていると思った。白いきくらげは珍しく高級品なのだとか。女性のお肌に頗る良いとかでもっと頂きたかったかなと思った。

日付が変わってまたバスでホテルに戻り、翌朝早く新幹線で鄭州へ移動。

昔は田舎だったというけれど発展は急成長で駅舎も広く、高層ビルが林立し、都市化していた。

ここのコンサートから中国における古筝の第一人者王中山先生とのコラボレーションになり、ピアノやパーカッションも入った。

ピアノはこのホールも次の山西省のホールもベーゼンドルファーでピアニストさんも容姿端麗で、王先生の人気はものすごくて、子供たちたくさんのファンが詰めかけていたが、今、中国では箏ブームなのだとか。

日本のお琴と違うのは、琴柱が遠くからでは見えなく弾き方も違って流麗で見事な演奏だった。弦の数は21弦だったような。音色が素晴らしかったし、また室内楽の演奏とよくマッチしていて素晴らしいと思った。

連日夜10時過ぎのお食事にも拘らず朝早いので、出演者の皆さんはさぞお疲れであろうと心配してしまうのだが、皆さんタフで私も現地スタッフの方々に支えられお陰様で少しも疲労や事故もなく素晴らしいコンサートが続いていた。

翌日はリハーサルがないので昼までゆっくりできて、再びバスで新幹線駅まで、それから大都市山西省に移動。

中国のグランドキャニオンと言われる断崖絶壁の近くを新幹線は走る。

窓の外の景色を眠りの世界にいて残念ながら見られなかったのが残念だった。

山西省の人口は日本の総人口を上回るというのでまたまたびっくり。

最後のコンサートとなるわけで、感慨も一入。古箏の聞き納めとなるのだから。

最後の打ち上げも火鍋。２日間王先生もご一緒で、最後の打ち上げの時には勇気を出して王先生と記念写真を撮らせていただいた。

特産品は黒酢で私の大好物。買って帰ろうと思ったら、ホテルからのプレゼントがあって、ホテルに帰って厳重にセーターにくるんでパッキング。毎日移動なので寝る前にはパッキングを済ませて朝出かけられるままにして休み、短い時間でもぐっすり休んだ。

18日はいよいよ最後のバスの旅で北京駅に到着。

そこには最初の日、北京でお世話になった音楽院の教授の奥様がお見送りにお出で下さっていた。

教授は芸大で学んだ方なので日本語を話されたから良く交流が出来たが、奥様は日本語がおわかりにならず、でもお気持ちはよく伝わりハグして多少の英語でまた会いましょうと約束してのお別れ。

今日、教授は授業があり来られなかったとのことで、奥様が車で1時間の道のりをお見送りに来てくださった。

しばしの別れを惜しんでやがて首都北京空港に移動して、羽田空港に飛び立った。

大きな楽器を運ぶのがどれほど大変な事かを知った。

今回コントラバスは現地でお借りしたようで、多少の難があり、やはりMY楽器が良いのだろうな。でもコントラバスやグランドハープなどの運搬は大変で今回大きな楽器はチェロだけだったけれど、いろいろ学ばせていただいた。

最初から最後まで楽団員と現地スタッフの方々に微に入り細に入り面倒を見ていただいて、常に支えられ、すべてのバリアをクリア出来て安全に旅行とコンサートを楽しむことができたことは只々感謝の気持ちでいっぱいだった。

皆様方に多大なご迷惑をおかけしたことは大変申し訳ない事だと思った。

このような機会に恵まれることはめったにない事で、お陰様で楽しい5日間を過ごせたことは私にとって大変に幸せなことだった。

人生は楽しく、幸せ感に浸ることが生きる悦びだと思う。

## ミモザの日・国際女性デー・眼科定期検診　2019・3・8（金）

今朝のお目覚めの名曲は、チェロとピアノでフランクの〝天使の糧〟。久々の名曲で大好きな1曲。

フランクの荘厳ミサ曲の一部だとか。メロディラインのすばらしさからよく演奏会でも演奏される賛美歌。

天使の糧、すなわち天使のパン。

私はイスラエルの人々がエジプトを脱出する、飢えと渇きにあえいでいるとき天から降ってきたマナの事かなと思っていたが……。それでよいのかな……ビスケットでマンナがあるが、この商品は社長が天から降ってきたマナを思って命名したと聴いている。

3月8日はイタリアではミモザの日として男性が愛する女性にミモザの花束を贈る日で、また国際女性デーとして女性の権利を守る日でもある。

日本ではあまり知られていないようだけど、イタリアではこの日のためにミモザの花束が飛ぶように売れるのだとか。

何とロマンティックでまたイタリアらしい。

私はパルマのシルヴィアから教わったのだが、いつかテレビでもやっていた。

日本の男性はあまり知らないのかなあ……。

私に下さる男性など勿論いないけれど、イタリアにいればよかったなあと思う。

日本人も、もっと愛情表現など自分の気持ちを積極的に出せればよいのにともどかしく思う。

我が家にミモザの苗を求めて鉢に植えて3年くらいは花を咲かせていたが、いつの間にかなくなってしまった。

黄色のそれはそれは綺麗な花だ。

誰からももらえないから自分で木を植えたんだけど、その木もなくなってしまうんだから……。

国際女性デーは就職した年から知っていた。女性の権利を主張する日で当時は組合でも今は国際ソロプチミストでも大事にしているが、特に何をするということもなく今、ソロプチミストではともしび募金をするだけ。

昨夜、ベッドで携帯が鳴って、WeChatから素晴らしい動画が送られてきた。

昨夜8時から中国の教育テレビで、1月に中国へ行ったときの黄原先生と水野先生のテレビ出演がオンエアされたのだとか。

勿論日本では見られないけれど中国の友人が動画で送ってきてくれたとか。WeChatでお友達になっていないと送れないのだが、幸い私は最初に送られてきたみたい。

広いステージで水野先生のピアノ伴奏で、黄原先生のチェロのソロ。エルガーの愛のあいさつだった。

後で伺ったら鳥の巣の大きなステージですごい聴衆の数だったとか。

1曲のみだったが、こんなに素晴らしいテレビ放映があるなんて、びっくりだった。

なんでも規模が違うから驚きの連続。

鳥の巣には2月14日に行って来たばかり。懐かしく、又こんな素晴らしいソロを弾く先生に思わず拍手。

何回も何回も繰り返し聞いて楽しんだ。

テレビだから雑音が入るわけもなく美しい音色に涙が出てしまいそう。

朝起きてから、友人達に転送したくてもWeChatはできない。丁度先生から電話があったのでどうしたたらよいの？　と聞くとラインにコピーして送ってみるね……。早速私は皆さんに転送した。でもラインをやっている人しかできないので……。皆さんが凄い！　演奏もステージも……。

今日はそれで忙しく、でも10時過ぎには電車で沼津へ。

眼科の定期検診。3時間待って呼ばれて薬を貰ってもう2時半近く。

久々にA店の誰もいない広いレストランでランチ。

それからバスを40分待って帰宅したら間もなく5時。

電話とメールがいっぱいで……。

先生から電話で新しいCDのことでお話。

曲目の紹介か何か2曲分書いてくださいとか……。

記念だから……。ネームバリューがあるわけでもないのに……でも先生のお役に立てるなら……。

私の好きな曲を入れて下さるので頑張ろうかな……。

今日は電話とラインで忙しく病院が1日がかりで大変だった。

でもなんとなくウキウキした一日だった。

## 富士山、三島スカイウォークへ、初めてのサウナ　2019・7・29（月）

今朝のお目覚めの名曲は、中国の曲で〝江南漁歌〟。実に郷愁を感じる名曲で、〝湘江の歌〟で感動し黄原先生の音楽に出会った私。それから4年〜。全ての演奏曲目が私にとって最高に素晴らしいもので、今や私の宝であり私の魂に生きる喜びを与えてくれている。〝湘江の歌〟に次ぐ感動の名曲が〝江南漁歌〟。西洋の音楽にはない中国音階のゆったりとして郷愁を漂わせる大陸の香り豊かなこの2曲。〝湘江の歌〟とは一味違った感じで私は心を揺さぶられた。生演奏は狭山だったかな、先生の優しさに感動は更に増した。そんな思い出の曲で目覚めた今朝だった。昨日東京見物を楽しませてくれた娘が一緒に帰って楽しいゲストとの交わり。一夜明けて、今日はお兄様にお休みいただいて娘がカラマズー市からのゲストさんの送迎を引き受けてくれた。

外国から見えたお客様は箱根へ、そして三島にあるスカイウォーク、美術館訪問に出かけた。

全くついていないというか富士山を見ていない訪問団は今日の箱根を楽しみにしていたと思うけれど、やはり朝早くから1日中雲が垂れ込めていて見えなかった。

今日、関東一円は梅雨明けだとか。でも雲がいっぱいで梅雨明けを感じなかった。

箱根へ行くので昨日大涌谷や黒卵について話したけれど、残念なことに大涌谷は現在立ち入り禁止とか聞いたけれど……。

スカイウォークも富士山を見る格好の場所なのだけど肝心の富士山は見られなかったという。

美術館ではゴッホを観たとか。

娘が定刻前にお迎えに行ったが、渋滞によりだいぶ遅くなって沼津駅に着いたみたいで……。

昼間娘は掃除をしたり、今日こそ入ると言ったサウナの準備をしたり、私と出かけ郵便局や銀行などの用事を済ませて、今日明日の献立の買い物をして帰宅。

今日のメニューは日本食と言ったらやはり、すき焼きかな、と準備。

〝すき焼きソング〟を歌ったらご存じだった。

そして今日は初めて日本酒を〜。アルコールはあまりお好きではないようだったが、なんでも挑戦するというお二人。彼はすき焼きが初めてだったけれど生卵で、マギーは無理そうなので大根おろしを用意した。

でも卵をフィンランドのリストがしたように、すき焼き鍋の中に割り入れ半熟にして牛肉や野菜を食べてみて、生卵にも挑戦したマギー。

ライナーに大吟醸を勧めたらトライする、そのうち飲めないマギーも……。冷酒をワイン？と。やはり大吟醸……美味しかったみたいで。

楽しい会話が弾み、今日は娘が帰京するのでお土産の交換。

スペシャルプレゼントを頂いてほっこり。

そしていよいよフィンランドサウナに初挑戦。

これは素晴らしい！とご満悦だったかな……。気持ちが良かったらしい。

日程も終わりに近づいて一つでも多くの体験をして……。

明日は沼津の新名所〝びゅうお〟と名付けられた眺望展望台へ。

お兄様が明日のスタッフなので朝お迎えに来られないと言っていたけど、事務局に交渉して早く行かなくてもよくなり、家までお迎えに来て帰りもまた送って下さることになって、またまた私は助けられた。

お兄様がいなかったら……毎日私はグロッキーになっていただろう。蒸し暑いから朝晩の送迎を徒歩でするのは体に堪える。

東京ではかなりグロッキーで、ライナーたちを心配させて、よく休み休みの行動だったが、皆さんに助けられて私も朝早くからみんなのお洗濯やお食事の提供だけだったけれど、苦にならず自分も大いに楽しんだ。

大分夜も更け、娘は間もなく帰宅できそうだと電話があった。

早く寝なさいよ、と促され……。

本当によくやってくれたので感謝に耐えない。

明日の夕食の下ごしらえまでして帰ってくれた……。

音楽はクララ・シューマンの3つのロマンス。

うっとりとしてそろそろ休もうか……。

## 聖書を学ぶ会　1・17忘れてはいけない日25周年　2020・1・17（金）

今朝のお目覚めの名曲は、久しぶりにジョン・ウイリアムスのギターで〝アルハンブラ宮殿の思い出〟。

スペインの名曲で、昔は大好きな曲だった。スペインではアランブラって発音するのかな。

ギターは比較的簡単に習得できると聞いて持ってはいるけど、私には無理かな。お稽古する時間もお金もなかった。

明治大学マンドリン倶楽部の演奏会を何回も聴きに行って、いつもマンドリンの演奏と共にギターのソロが素晴らしいと思ったものだった。

村治佳織さんの演奏はよくテレビで……。

少し前に東響と村治さんの演奏を聞いたが、やはり素敵だった。

でもやはりチェロの響きにはかなわないかな。

映画〝禁じられた遊び〟のテーマをチェロで弾いてほしいと思っているけど……どうなるかなあなんて思っている。

永遠の名曲であると思う。最後のシーンが瞼に浮かぶ、〝ミシェール〟……。

今朝はベッドの中で随分長い時間ウォークマンでいろいろな名曲を楽しんだが、起きてから、今朝のおじやを炊いた。

150グラムの白米のご飯に鮭と小松菜とネギと卵だけ。量が増えないように工夫した。

花かつおとほんの少しの減塩みそで十分美味しいおじやができた。

昨日の豪華なランチの影響はなかったかな、体重は減っていた。

腎臓内科の先生に体重管理を厳しく言われた。薬剤師さんに牛肉の方が豚肉よりカロリー面では少ないと言われた。

日野原先生もよくビーフステーキをお召し上がりでしたよね。薬剤師さんは日野原先生とお若い時ご一緒に働かれた。

でも豚肉の方がビタミンが豊富で体には良いと思うけど、やはりビーフがおいしいかな。

夫は鶏肉が大嫌い、豚肉はそこそこ、ビーフが最も好きだったな……。

昔、〝脳内革命〟という本を読んで、牛肉は脂肪の塊と教わったが、やはりビーフは美味しい。しかも和牛が美味しいかな。

昨日のビーフシチューは、これでもかとばかりに沢山の牛肉が入っていたけれど、元来嫌いじゃないので全部いただいてしまった。

いつもは残すパンも全部いただいて、ケーキも……それでも体重は減っていたとは……。

今朝はまた急いで片付けてお出かけ。お日様は出ず、風もあって寒い日だった。

天気予報は雨から雪になるかも……。

暖かい格好で出かけた。電車が遅れて、でもすれすれ10時半には教会へ滑り込んだ。

聖書を学ぶ会。日曜日はコンサートがあって礼拝に出られないことがあるので、月2回の聖書研究会には努めて参加しようと思っている。

3日の今年最初の日は娘が在宅だったのでお休みしてしまったが、今日は何とか滑り込みセーフで。

ルカ伝の学び。断食について学んだ。ファリサイ派の人々は人に見せるために断食をしている。断食とは何ぞや……。信仰の深さではない。

葡萄酒を入れる新しい革袋などいろいろなメタファ、イエス・キリストを神として信じることを学んだ。

終わってお握りを食べながら様々なお話に花が咲いて、猫談義……久々にゆっくりお話ができて楽しかった。

帰りは大手町まで送っていただき薬局へ。追加のお薬を頂き、よせばいいのにどうしてもラーメンが食べたかったので仲見世に寄って、あんかけかた焼そばを注文。多いのでびっくりしたが、おいしいので全部いただいてしまった。

バスを待つ間、随分寒かった。雪になるかな?と思うくらい。このところ毎日暖かかったので、急に冷え込んで驚き。

帰宅するとまた不在票が……。今日の最終便に間に合いそうで安心した。早くに雨戸を閉めお部屋を暖めて楽しいひと時。

今日はたっぷりヴァイオリンの名曲を楽しむ。

今流れているのはベートーベンの〝ロマンス〟。

若きベートーベンの実らなかったロマンスの数々、相手が悪かったな……。でも身分違いでも恋を実らせた人が結構いるのに……ベートーベンはすべて悲恋に終わったとか。

素敵な音楽を遺してくれてありがとう。恋愛は芸の肥やしとか言うらしいけれど……。

今も昔も変わらないようで……。

今日は1・17、阪神大震災の日。早いものでもう25周年だと。

あの頃オウム真理教の話で病室は持ちきりだった。

そして新聞で知った神戸の大地震。

あの日、私は沼津市立病院に入院していたんだ。胆嚢炎だった。

15日は成人式で、ラグビーの試合に出かけていた夫。連休のためオペが延期になって長い入院になっていたな。

全摘してしばらく油物を頂かず、ダイエットに励んでいた頃だわ……。

あれから25年。沼津市立病院とも25年のお付き合いになるわけだ。

今ではあの頃のスリムな体はどこかへ、再び醜く太り、年齢も重ねて背中は丸みを帯びてきた。

震災の時誕生した赤ちゃんも、もう25歳になるわけで。誠にTime flyes so quick！である。

先日帝国ホテルの結婚式に招かれたが、先生にもうこんなに大きな息子さんがいたとは……と感心されていた方がいらしたが、育ててこられた先生ご夫妻も感無量だったと思う。ご子息はもう少し年上ではあるが……。ニキティンさんがご子息に英語でスピーチされていた。Time flyes so quick !と。

私もこの25年でずいぶんおばあさんになったわ……。

青春時代もあったんだよな……。遠い過去の話で……。

音楽は再びサンサーンスの〝序奏とロンドカプリチオーソ〟に。何と素敵な曲だろうか……。

## 戦争を語り継ぐ・75年の重み

２０２０・７・29（水）

今朝のお目覚めの名曲は、チェロでオペラ「ジャンニ・スキッキ」の〝私のお父さん〟。

プッチーニのこのオペラをまだ見たことがないけれど、アリアだけは何度も聴いてきた。マリア・カラスの歌にしびれた。

朝ドラ〝エール〟で柴咲コウさんが教会で歌ったんだったな……。

私には父親のイメージって幼い頃には威厳があって、少々怖い感じだった。母親には甘えん坊の私だったけれど、何か母には言えても父には……。20代の初めに悲しい別れをしたけれど、やはり優しくて大きな存在の父親だった。父に言われるまま進学をあきらめ就職をした私だったから、父親って子供にも大きな影響力を持っていたんだなと思う。今、民主主義の時代とか言って、家庭内における親子関係も大分違ってきているかな。父親の権威ってないような薄いような……。未だ恋も知らない私だったから、父にお願いをする……なんてことはなかったけれど、認めてくれなかったらベッキオ橋から飛び込む、なんて……。私の子供たちは誰も私の父を知らない。ただ写真で見る祖父の姿だけ……軍服に肩章や勲章を身に着けサーベルを持った白黒写真と額縁に入った遺影だけ。私には亡き父のことを話してくれる身内はもう一人もいない。寂しい……。だからこのアリアを聴くのがとても好き。チェロでメロディーを聴いていると父の思い出が浮かぶ。

今朝も雨はなく、でも雨のパーセンテージは意外と高く夕方には雷も……だったが。曇り空だけど雨は降らなかった。

もう7月も29日だ。家の中に閉じこもってもう半年が過ぎていく。

今朝は前の晩に準備をしておいたごみ捨ての日。完全武装でわずか数分のところのごみステーションに行くだけだけど、これが一仕事で、家に戻るとホッとする。隣組の御主人に1人すれ違っただけ。

ご近所さんでも、最近お目にかからないけどお元気かしら……とよくそう思う。

だから昨晩のニュースではないけれど警察から知らせを受けたら死んで1か月も経っていたとか……。

これもコロナのせい。感染症で時代は変わっていくと言うけれど、これからどんな世の中になって行くのだろう。

よくマンション暮らしの方たちは「隣は何をする人ぞ」だと聞いていたけれど、毎日テレビで知らされる洪水などの災害を思うと、マンション暮らしが良いなあとつくづく思う。庭の草取りもないし、洪水の被害もないし……。

みんな隣の芝生だけど……。

昨日はゴーヤを1本だけど鰹節をいっぱい使って薄味の炒め物を作った。私は他に何も入れないシンプルなものが好きで、今朝は娘の送ってくれた塩分不使用の煮干しを乾煎りして口さみしい時のお供に。

煮干しは私の子供の頃のおやつだった。お団子や大福もあったけど、母は何時も大きな煮干しを私に食べさせた。

ご近所が大きな牛乳屋さんだったので、毎日浴びる様に牛乳を飲んで育った。

それでかどうか……骨が丈夫で、私の多すぎる体重はこの骨なのかなあと思うこともあるけど、いやお腹の脂肪の塊は半端じゃあない。

甘いものが好きで、外に出ないでビタミンDが不足がちで、もやしみたいなひ弱な子になるかと思うけど、体は案外弱いけれど骨は丈夫だ。毎月歯の検診に行っているが、歯医者さんに何時も褒められる。歯の治療で何百万円も使ったと言う人の話を聞いてきたけど私は殆ど大金を歯の治療で使ったことがない。

だから母に感謝をしている。海藻類もよく食べたけど、ひじきの煮物なんて大好き。今、憩室炎の後、少し減らしているけど、焼きのりの葉酸効果にまた頂き始めた。芽かぶ茶も甘いものをいただいた後には良いな。

とにかくカルシウムは貯骨できるので、牛乳も夜に飲むようにしている。PC作業がうまく行かない時などひどくイラつくけど、まだカルシウムが足りないのかな……。

お昼のプレミアムシネマは、グレコリー・ペックの〝頭上の敵機〟。あの〝ローマの休日〟が忘れられなくて……。やはり素敵で超格好いい。

アメリカ軍とドイツ軍の戦闘の物語だったが、実在のモデルがいるとか。空中戦闘シーンは実際の記録をそのまま使ったらしい。

私には戦争ってこんなものなんだ……と思う程度で沢山の間接体験はしてきたが、実体験がないのでただいやだなあと思うくらいだけど。

見終わってから、友人と電話でお話をした。彼女は直接体験をしているのでよく戦争中の体験談を話してくださるが、戦争の語り部である。

お米を研いでそのまま置いて防空壕に逃げたら、焼け野原で研いだままのご飯が炊けていたなんて……。

艦砲射撃で怖かったことや沢山の経験談をお話ししてくださる。だから戦争の映画は見たくないとおっしゃるけど……。

もう亡くなった私の従姉も沖縄には行きたくない、とか映画は見たくないと言った。私の夫も旅行好きだったのに、沖縄には行きたがらなかった。でも具合が悪くなって私の誘いに乗って最後の旅行は初めて沖縄に行った。

戦争を体験した人たちにとって、どれほど辛い嫌な思いをして来たのだろうと思うと、知らないでのほほんと過ごしてきた私は幸せだったのかな。75年間戦争をしない日本であったことに感謝である。

長い平和な時代が続いて平和ボケしている私たちに、今ウイルス戦争が……。中国は世界を敵に回しているし、米中の一触即発の戦争突入も考えられる。日韓関係もギクシャクしている。

何とか戦争にならないように、平和的に全世界が一つになってコロナに打ち勝つようにと祈っている。

ペストのパンデミックの頃からいくつものパンデミックを乗り越え、ワクチンの開発も進んできているというのに、政治的な駆け引きばかりしていないでもらいたい。今日の東京都の新規感染者は250人、唯一ゼロだった岩手県も2人。静岡県は16人。全国で1229人というから恐ろしいけれど、1日の感染者数だけを見ないで直近1週間の数字を見るようにと。でも第2波であることは確かだろうな。何の対策もなく国民一人一人の自己責任なのかなあ。効き目のない布マスク8000万枚追加配布？　何かおかしい……。長い間お休みしていた日本語教室が9月半ばから再開されるみたいで、今日お当番表が送られてきた。大丈夫なのかなあ……。私の大好きなお酢についてのテレビ番組を見た。あれも発酵食品なんだ……。子供の時からすっぱいものが大好きで、ご飯も酢飯があればそのままでもたくさんいただいてきたな。酢のものも大好き。今は塩分制限で塩を使わないので、なんにでも黒酢を掛けたり炒め物は黒酢炒めにしているが、お酢の効能が語られていた。ホームメイドのヨーグルトを作り始めてもう30年近くなる。今日は「菌活」の番組で、楽しく観てしまった。夜9時のニュースを見終わったら、クローズアップ現代で戦争を語り継ぐ吉永小百合さんの番組を引き続き見た。昼間の映画を観て戦争体験を話し合った後偶然の番組だった。同世代を生きてきた吉永さんは美しくて聡明な女優さん。彼女がただの女優さんではなく50年にわたって戦争の詩集を朗読して活躍していることは尊敬に値すると思ってきた。

沖縄を語り継ぐ、非常に素晴らしいメッセージを語っておられた。広島・長崎は爆弾そのもので、でも沖縄は日常の生活を奪われた記録として語り継いでいきたいと語る高校生の力強い言葉に感動した。

番組予告を見ていたら何と次に歴史ヒストリアで愛新覚羅溥傑・浩夫妻と松下幸之助・むめの夫妻のストーリー。

何時もならテレビを消す時間ではあったが、目はらんらんと輝いて……。

我が両親の過ごした満州国皇帝溥儀の弟と嵯峨侯爵令嬢浩さんのことについては私も若い頃から関心があって、〝流転の王妃〟を読んでまた母からよく聞いたお話だった。

天城山心中事件で愛新覚羅慧生《えいせい》さんが亡くなったことは当時驚きだった。その後中国共産党に捉えられていた溥傑が釈放され、時々新聞で記事を読む機会があった。

正に激動の時代に、関東軍によって政略結婚をさせられその後も時代の波に翻弄された愛新覚羅夫妻の新聞記事が出る度に注意して読んできた。

母たちと同じ新京に住んでおられた溥傑夫妻の家は今もそのまま残っているようだった。奉天青葉通り……行ってみたい所である。

幼い頃母から、これはね愛新覚羅浩さんから頂いた真綿なのよ、と言って包装紙に包まれたまま手を付けていなかった真綿を見せてもらった。

今日の番組で、次女の嫮生《こせい》さんが出られて、浩さんが亡くなった時、父溥傑が泣きじゃくっていた姿を見て、母は女として幸せだったんだとおっしゃっていたが、悲劇のヒーロー・ヒロインだった2人に何とも言えない感動を覚えた。

松下幸之助夫婦のヒストリーも素晴らしかったな。世界恐慌の時、従業員のリストラをさせなかった幸之助、従業員を大事にした彼も素晴らしいと思ったが、彼をいつも陰で支えたむめのさんは妻の見本。会社50周年の日に演壇で「奥さん、長い間有難う」と言われた幸之助に涙するむめのさん。2つの素晴らしい夫婦愛を見た。

お休み前の音楽は、選んでチェロで〝愛のあいさつ〟。

## 夢の街　巴里!!

2020・8・25（火）

今朝のお目覚めの名曲は、チェロでパッヘルベルの〝カノン〟。

深圳からお嫁に来たハンナちゃんと日本語教室で出会って、よく家に遊びに来てくれた。今は千葉の住民で、コロナもあるしなかなか会えない。

若いから遠くても自転車でスイスイ。彼女はバレエやピアノが大好きで、我が家の弾く人のいないピアノでいろいろな曲を練習していった。

よく聴かせてくれたのが〝カノン〟。チェロで聴いても素敵。あのメロディーは大勢の作曲家たちが同じハーモニーを使って作曲をしていて、どの曲もヒットすると聞いたことがある。馴染みのあるハーモニーだ。

外の気温がわからないけれど、暑そうな感じ。34℃を示している。

今日は25日、私の予定では上京して明日桶川のコンサートに行く予定だった。でも悲しいことに2本線で消してある。中止になった。

2月以降私のスケジュール表は黒い線で抹消されて実に汚い。スマホのスケジュール表はイベントの削除になって、あとでわからなくなってしまうので、紙ベースの手帳も持つようにした。この半年間にすべてのコンサートが中止になって生の音楽に触れることができない。

でもCDがあるから毎日BGMで聴けるし、テレビがあるから音楽番組のいくつかで見ることができる。テレビもCDもない時代でなくて良かった。

コロナ感染者はピークを去り減少傾向にあるとは言いながらも沼津市・清水町でも感染経路不明の陽性者が出ている。

スマホによると、香港の回復者が再感染をして違う種類のコロナウイルスだとか。抗体ができてもまた別のウイルスに感染する……怖い。

今日の午後のひと時は、とても楽しかった。何か夢の中にいるような。偶然だけど、プレミアムシネマとプレミアムシアターが重なって夢の世界に連れていってくれた。シネマは8～9年前のアメリカ映画で、パリが舞台。憧れの都、文化芸術の都巴里。しかもタイムトラベルで1920年代の良き時代の巴里が再現されてパリ・エポックやマキシム・ド・パリなど豪華なカフェでヘミングウェイや、コクトー、またパブロ・ピカソやモディリアーニなどの芸術家の名前が次々に……。1時間半ほど憧れのパリを堪能した。短かったので、続いて昨日、レハールのオペレッタ〝微笑みの国〟を見て次のバレエ〝メリー・ウイドウ〟を見てなかったので見ることに。オーストラリア・バレエの豪華絢爛たる舞台を見て映画とは違う夢の世界へ。

〝メリー・ウイドウ〟は誰もが知っているあのメロディーが。

ストーリーはタイトル〝陽気な未亡人〟に相応しく楽しい舞台。オペレッタではなく今日はバレエ。19世紀のパリ・エポックやマキシムの時代で映画に重なって……。モンテネグロ公国がモデルみたいだけど。伯爵、男爵など上流階級の世界で、大使館での舞踏会から始まる。

大富豪と結婚して巨万の富を得たハンナが結婚して何日もしないで夫が亡くなる。

ハンナが巴里野郎と再婚すれば巨万の富が巴里に。国の危機である。そこで舞踏会で画策をするのだが……。誤解もあったり喜歌劇だけに面白くて楽しくて、またバレエなので綺麗で憧れの舞台。

昨日のオペレッタは字幕を読むので大変だったが、バレエはセリフがないだけに流れを見ていればそれこそ夢の世界。衣装もオーケストラも、もちろんバレエそのものが目を見張る。

オペラの世界以上に衣装が素晴らしいし、踊りが主なので細くて美しいバレリーナにうっとりである。

日本のバレエは何回も見たけど、最も印象に残っているのはフィンランドで〝白鳥の湖〟をマリアンネの夫のリストと見たこと。

彼女がユーロ議会議員の立候補者で忙しかったため、リストと私とお洒落して腕を組んでシアターへ。借りたパンプスで足が痛くて……。

リトアニアでオペラを見たときもアウレリア教授の夫のユオザス教授と腕を組んで幕間のシャンパンブレイク……。日本ではあまりないことだけどヨーロッパでは当たり前のことで、嬉しかったな。舞踏会に出たことはないけれど、ダンスの交流はよくあった。私はダンスなど踊れないので椅子に座って見てるだけ。踊れる人は楽しそうだった……。

巴里は第2次世界大戦前までが良き時代だったのかな。でも今でも多くの芸術家が学び成功している。

カフェに行くといろいろな芸術家に会えたのだな……。

映画とバレエが巴里に関係していて偶然だったけど、今日の午後のひと時はパリに行きたいな……という気分に。

フランスはシャルル・ドゴール空港に4時間滞在しただけで市街地に出ていないので、行ってみたいけど、もう無理かな。

1月に結婚式で先生の弟さんにお会いしたけど、彼はパリ在住で、やはりフランスの香りがしたな……。羨ましかった。

昔も今もフランスは憧れの国。パリは夢の国。フランス語が話せると良いな。

日の入りがだいぶ早くなって、水やりの時間も早くなった。今日も34℃を超えていたけれど、植木鉢の花たちは萎れていなかった。

水遣りも1日おきぐらいになれると良いな。

今日のコロナ感染者は東京が182人、静岡県は8人かな。過度な不安感、心配をしていたら何もできない。でもやはり心配。

# 結婚55周年記念日

2020・11・25（水）

今朝のお目覚めの名曲は、チェロでパガニーニの〝モーゼ幻想曲〟。

エジプトのモーゼというオペラを見たことはないけれど、モーゼについてはよく知るところで。

〝モーゼ幻想曲〟は、多くのチェリストやヴァイオリニストたちによって演奏されている名曲中の名曲。

パガニーニって難易度の高い名曲が多いと思うけれど、本当に素晴らしい。

確か1本線で演奏すると言われる難しい曲だったと思う。

私はこの曲、ヴァイオリンよりチェロの方が素敵だと思う。

今日は私の結婚記念日で、55周年を迎えた。でも夫のいない記念日で悲しい。

結婚したとき父は既に他界していて寂しかった。父は花嫁の父になれなかったわけで。

当時は11月に華燭の典を挙げるカップルが多かったかな、でもジューン・ブライドに憧れたものだけど。

私は打掛で、ウエディングドレスを着ることはなかった。ずっと純白のドレスに憧れていたが、あれはスリムで美しい女性の着るものだと諦めていた。年を重ねて、やはり一生に一度はウエディングドレスを着てみたいという思いが募り、考えたのが棺に入る時に着せてもらおうと。

高価なドレスは買えないから、せめて歌手の方たちがお召しになるドレスを…と白くて安いドレスを買ってある。

お取り置きをお願いしたけど、いつになるかわからないから駄目よ…と言われ、まあ高いものではないので買ってタンスにしまってある。

日に当てないようにね…と言われて。

友人に話したら、まあ…仮に後ろが閉まらなくてもわからないから良いわよ……。

ヘッド・ドレスとブーケは白い胡蝶蘭が良いわ……。

花嫁になる若い時に着られなかったので、せめて死んだ時に夢を果たそうと思っている。

母の時も義母の時も、上等な着物をかけて送ったものだけど……。

今日は娘が〝Happy Anniversary‼〟とラインで祝ってくれた。

私は夫のいない食卓で、ワーグナーの〝ローエングリン〟を聴きながらマリアージュを頂いて。

シャンパンを開けたいところだけど、酌み交わす相手がいない寂しさよ。

今年はお誕生日も一人で。去年も一昨年もお誕生日は先生に祝って頂いたのに、今年はコロナのせいで寂しかった。

今日はぶり大根がとても美味しくできた。鶏肉のソテーで一人寂しく祝う結婚55周年記念日。

コロナでどこへも行きたくなかったし～。今年は全てがコロナで潰されたかな～。

今朝は可燃ごみを捨てながらラジオ体操に行ったのだが、小ぬか雨が落ちていて公園に誰も見えない。

一人で体を動かしていたけど、途中で気が付いて、今日は水曜日だから西公園だったは……。

やはり呆けている。西公園に向かって歩いて行ったら、体操が終わって帰ってきた人たちに会って……。

歩いただけよかったじゃないの……明日は東公園だから……。

午後1時半過ぎにやっとごみ回収車が来て、お掃除と消毒。

予定では1時の電車で三島の秋川さんのコンサートに行くはずだったので、このお掃除当番ができないので夜にしようと思っていたけど、キャンセルしたので助かった。

横浜の友人が骨折して来られないと言うことだったし、私としてはそれほど行きたいとは思っていなかったので、丁度よかった。

それに沼津市でクラスターが発生して、すでに陽性者が32人になっているので、今日は出たくなかった。

チケットは無駄にしたけど、気持ちが乗らないときに出かけてもろくなことがないので良かったかな。

昨日ご近所のお宅を訪問して沢山の大島紬の、お洋服や手作りの品々を見せて頂いて楽しいひと時を持ったのだけど、私より年上の方なのにインターネットでよくお買い物をなさると聞いてびっくりした。

私はやり方もわからないけれど、好きではないので買ったことがないかな……。その時彼女が「メルカリ」と言うのが何のことだかわからなかった。「何のことなの？」と聞くとインターネットで買うのよと。

今日は家で閑があったのでスマホで検索してみた。略語だと思った……。

今は、というよりもうだいぶ前から短縮形で話したり書いたりするのでなかなかわからないことが多いのだけど……。

今日もテレビを見ていたら、スマホのメールで「了解」の事を「り」とか、何だかわからなかったけれど「フ」とかで表していると言っていたけど、文章が書けないのかしら……。書き言葉だけでなく、話し言葉も随分乱れている。

何でも省略すればよいというものではない。せっかく美しい日本語を話す国民なのに、正しい言葉を使わないのかしらと思う。

娘が会社の帰りに電話で「いかがでしたか、記念日は……」

「一人寂しく過ごしました」

「今日ね、ルバーブがあったのでたくさん買ってきたからジャムを作りますね……」

「まあ、ありがとう！」

大好物だから私へのプレゼントね……。

今度行ったら頂こうかな。

高齢で持病のある人が東京に行くなんて～無謀なこと。

コロナ禍に不要不急の上京は控えて～と言われているけど、必要な時は出掛けるのもありで。

自分は自業自得で済むけど、周りの人は迷惑かな。

動かなければ経済も社会も回っていかないから、ＧｏＴｏはやるという政府。

あくまでも自助努力、自分で感染しない努力を講じて責任は自分でとる。

ＧｏＴｏ利用者4千万人の１８０人しか感染していないと言われるとそんなものかとも思うけれど、利用しなければ～とも思うし、数字のマジック。

10ヶ月もの長い間コロナ自粛で動かなかった結果、様々なマイナスがあった。

やっと最近コンサートとか旅行とかができる様な時期になって、第3波とは～。

今日も全国で１９００人以上の感染者だとか。

特に重症者が増えている。

お休み前の音楽は、ロンドンフィルでレハールの〝メリー・ウイドウ・ワルツ〟

## 第46代アメリカ大統領就任式・市立病院へ　２０２１・１・21（木）

今朝のお目覚めの名曲は、先生のチェロでジョン・ウイリアムズの〝シンドラーのリスト〟。

名曲だと思う。でもやはり寂しくて悲しくなりそうな……ユダヤ人の苦しみや悲しみが詰まった傑作。

テレビでも良くヴァイオリニストが演奏しているのを聴くけれど、チェロで聴いた時、苦しみを表している感じが低音楽器チェロの方が素晴らしいと思った。沼津のコンサートでもプログラムに入っていたけど、私は忙しく席を外していて生演奏を聴けなかったのが今でも口惜しい。

今朝未明２時ころだったかな、たまたま目が覚めてスマホで大統領就任式のライブを見た。

今朝起きてからネットニュースで、レディー・ガガが就任式で国歌を熱唱したとあって、トム・ハンクスや多くの有名人も参列したらしい。

レディー・ガガの胸には大きな鳩のアクセサリーが、オペラのようなボリュームのある歌声だったと言う。

厳戒態勢の中で行われた前代未聞の就任式、なぜアメリカで……と悲しい思いだった。トランプ大統領が壊してしまったアメリカ民主主義……。コロナも移民も経済も……前途多難な船出。

4つの難しい問題を抱えてのバイデンさんの船出は大変だろう。アメリカを一つにまとめられれば結束、団結……。

今朝は8時にはウォーターサーバーの交換に来て、随分早いなあ……。でも今日は今朝終了した畜尿を市立病院に届けなければならない。採血もあるから朝食は抜きで。

今日は昨日より少し気温が上がっても6℃で午前中は陽射しもあり早いうちにと、お出かけした。

病院方面行きのバスを調べたはずなのに、1時間半も無いので歩いていくことに。元気なころ何回か歩いたことはあるけど、30分以上はかかる。それにバイパス沿いを歩くので排気ガスも気になるがマスクをしているから。

最近歩くと息苦しくなるので殆ど歩いたことのない私には長距離。

でも今日は診察がなく、採血と畜尿を届けて診察前の検査だけで、予約の指定時間もなかったのでゆっくりゆっくり歩いた。

大寒なのに暖かく、途中でマフラーを外し、ファー付きマントを外して歩いた。

予定のバスの時刻には病院に着き、しかも検査も終わり支払いも終わる頃であった。

帰りはもう歩く気にはならずバスを待ったが、我が家の近くに行くバスはなく駅で降りてゆっくり歩いて、コンビニでお買い物をして帰宅したら12時だった。ペドメーターは８０００歩になっていた。

左手にずっと富士山を眺めつつ歩いた。相変わらず雪化粧をしない富士山だ。

沼津市では、イギリス型変異株ウイルス感染者が確認され、本日も新たに１人の陽性者が出たと言うので、緊張感がみなぎっている。

空港の22人を除けば12人の内４人が静岡県東部ということで心配。

今日は全国で５６６２人、東京都は１４７１人、重症者は１５９人、静岡県は60人というから驚き。

テレビをつければコロナの毎日だけど、今日はアメリカ新大統領の話題で沸いていたが、更に国会議員河井案里氏の有罪判決のニュースに当然のことでもコロナで経済の非常時に給与が支払われていることに怒りを覚える。

ただ一つ明るいニュースは沼津市出身の21歳の若い大学生が芥川賞受賞したニュースは市民としても嬉しかった。

〝推し、燃ゆ〟に沼津市民は沸いた。早く読んでみたいな。若い感性が素晴らしいと、市立図書館にも特設コーナーが、また書店にもと、小さな町にお祝いムードが高まっている。

コロナ、しかも変異株を怖れている市民にとって、唯一明るいニュースで良かった。

友人達とのメールや電話での話題はなんと言っても変異株の恐ろしさだけど、明日の歯医者の予約が怖くなり、受診をキャンセルしようと思っている。三島の友人に電話したら、彼女は車だし行くと言うけど〜。

治療では無いし、沼津から2つもバスに乗っての往復は怖いのでやはり明日の朝キャンセルしよう。

お休み前の音楽は、辻井伸行さんのピアノでベートーベンのソナタ〝悲愴〟。

## オリンピック開会式

2021・7・23（金）

今朝のお目覚めの名曲はチェロとピアノで、ショパンの〝序奏と華麗なるポロネーズ〟。

とても素敵なメロディで、この曲は特に出だしのピアノが素晴らしいかなあ。

圧倒される名曲だと思っている。

今朝も早く起きて、前の晩も遅くなってしまって睡眠時間は3時間か3時間半ぐらい。

でも張り切っているので眠くはならなかった。

午前中は、お部屋の模様替えを徹底して娘の尽力でほぼ完ぺき?と言えるくらい良くなったかな。

高いところのものや、掃きだめみたいになっているところのものまで整理して、捨てて、洗って干して……。

1人暮らしには少し広いかなと思うけれど、子供たちが巣立っていくまでは丁度よかった。

でも私が心筋梗塞で退院した後、2階に寝るのは危険だということで、階下の茶の間を潰して防災ベッドを設置して狭い部屋に窮屈だけど掃きだめの様になっている部屋で長い間寝室として物置状態。良く「掃きだめの鶴よ……」と言っていた。

でもベッドが動かせないので、物を減らして徹底的に模様替えに着手し、環境整備した。

丁度よいことに4連休で娘が帰省したので、連日片付け仕事で遅くなっていた。

ほぼ目途がついて、今日は古くなったエアコンを1つだけ取り換えて更に整頓も出来た。

今日は8時までにはすべて片付いてオリンピック開会式のライブを見た。

あれほどやめればよいのに…と思っていたけど、やはり開催されることになり世紀の祭典が放映されるとなれば見てみたいもの。

挨拶が長くて時間が押していたけど、随分長い開会式だったな。

天皇陛下がみ言葉を述べられ始めてから席を立った首相や知事にどうして?と思ったけど……。

良きにつけ悪しきにつけコロナを忘れて開会式に注目した。

何といっても感動するのは往年のアスリートたちの聖火リレーとテニスの大坂なおみ選手の最終ランナーの選択だったかな。

国歌斉唱はオペラ歌手にしてほしかったけれど、また式典で流れる曲目に日本の特徴がなかったかなあ、ボレロは良かったな。

海老蔵の勧進帳も良かったと思う。

20歳の時のオリンピックの思い出が蘇ったけれどやはりアベベ、裸足のランナーが最も大きかったし、水泳の時に見た人種差別などが思い出されてきた。

長いので、途中少し居眠りをしてしまったけど、最後まで見て、50余年前とは状況が違うけど開会式だけは見たいと思っていただけに良かった。

でもこんなに遅い時間まで未成年の子供たちが……良いのかなあ？　オペラに子供たち起用されて問題視されたことがあるけど、それ以上に時間が遅かった。

アメリカの時間帯に合わせての開会式だけにこんな遅い時間になったのだろうけれど……ＴＯＫＹＯ２０２０と言いながら東京以外で開催したり、まあ予定になかったコロナパンデミックで無観客や制限があったり……、また復興五輪と言いながら予算以上の莫大なお金を使って国民感情を無視してまでもやる意義は？と思っていたけど、やはり開会式は見たいという気持ちになった。複雑な心境。

沼津は今日もプラス５人で４８２人だったか。東京は１３５９人全国では５０００人をはるかに超えたのかな。

オリンピック開会以後１～２週間後の数字が気になる。

遅くても目が冴えて、サウナで疲れを癒して……。

お休み前の音楽はチェロでバッハの無伴奏チェロ組曲から〝４番ブーレ〟。

# 母の遺品

２０２１・８・29（日）

今朝のお目覚めの名曲はチェロとピアノでフォーレの〝シチリアーノ〟。
フォーレって優しいから好き。
どの曲を聴いても彼の優しさが……。
今朝も良く晴れて、洗濯日和。
聖日だけどコロナで教会の礼拝はお休み。
今日は、座敷の押し入れを娘が片付け始めた。
もう何年にも開けたことのない２つの茶箱を引っ張り出して……。
中に何が入っているかなんてすっかり忘れていた。
何と大きな狐の襟巻が大小２つ。親狐と子狐で、手足も頭からしっぽまであって。
子供の頃母とお使いに行くときに襟に巻いていたな……。はるか昔の思い出。
我が家に犬がいた頃、この狐の襟巻を見せると牙をむき出して吠えた。
生きていると思ったのか……。
娘は「今時こんな襟巻をしてる人はいないし、動物愛護団体から叱られるよ……」と言って処分しようと言う。

でも私は出来なかった。母が大事にしていて冬のお出かけには愛用していたものだから……。熊やトナカイなどの剥製を飾ってあるお宅もあるから……と。

またまた出てきた古い和紙にくるまった真綿。

大事にしまってあって、和紙の表に「天皇陛下・皇后陛下御下賜」と書かれていた。

私が子供のころには寝具のお布団や座布団は全て母の手作りで、着物布地と綿と真綿で作っていてよく私も手伝った。

この真綿は頂いてあったのに使うことはなかったのだ。恐れ多くて有難くてとても使えなかったのだろう。

そんな時代に生きた母だったから、当然のことで大事にしまってあったもの。

茶箱に入れたまま半世紀以上経っていてもその真綿は白く所々光っていた。

私は表の筆書きと共に箪笥にしまった。

私は物心ついて50余年、母に大事に育てられ共に過ごした幾星霜を懐かしく思うけれど、娘は子供の頃に甘えるだけ甘えても思い出は私とは……。

私がいなくなったら、もう何もかも無用の長物、ごみに過ぎない不要物となる。

でもせめて私が生きている間は……処分しないで……。

父の遺品も殆ど処分したけれど写真や勲章その他はそのまま保管してある。

何時もお片付けをしていて、これで最後かと思っても、次から次へ整理するところが出てくるもので……。

一つ一つ懐かしがったり思い出に耽ったりしていると片付かないもの……。

でも座布団も衣類などもういらないからと処分することにしたら押し入れがすっかり片付いた。

何回もお洗濯をして干しても夕方まではすべて乾いて、夏の太陽の有難さだった。

お買い物に行って帰宅すると今日は娘のお誕生日イブなので2人でシャンパンで乾杯。

私にはいつまでも我が子であって、そんなに年齢を重ねたとは思えなかったけど……。

この子の年に私は……と今日は思いを新たにした。

が、私が母と別れたのは未だ28歳だったか……。

重ねたシャンパングラスの向こうに見えたのはまだ私の20代の顔。

私の思い出の中には母とグラスを傾けあったことなんてなかったな……。

せいぜいお正月のお屠蘇の盃ぐらい……。隔世の感がする。

お食事の後、TVを楽しみにして。でも栄一さんの番組もニュース番組もなかった。

そうだ、パラリンピックだから……。

確かオリンピックの時もお休みだったもの……。

題名のない音楽会の録画を見て私は早めにバスタイム。

娘がサウナから上がって来るのを待って湿布を一杯貼ってもらって……。

今日は昨日よりだいぶ楽にはなったが、まだまだ痛みは消えない。

お休み前の音楽はピアノで、ラフマニノフの〝ピアノ協奏曲第2番、第3番〟。

## 松山

２０２１・10・23（土）

今朝のお目覚めの名曲は無かった。

今日は久しぶりの母娘の小旅行。

娘はコロナ禍でも何回となく北に南にと旅行していたけど、２人では4月初めに北海道のコンサートに行って以来である。

娘は四国は初めてだとか。お城めぐりに興味を持つ彼女は今回は松山城と道後温泉に行きたくて〜。

私は松山は2度目でもあり、どうしてもということでもなかったけれど〜。

道後温泉には行ったけど松山城は初めて。

10時過ぎには松山空港に着いてバスで市内に。

大街道の繁華街を散策して忘れてきた帽子を買いに松山三越へ。

札幌もそうだったけど、どこへ行っても大都市は東京と変わらないかな。

東京が寒かったので暖かい格好でやってきたけど、それほど寒くなかった。

良いお天気で、日差しが強かったので帽子が欲しかった。

昼食後に松山城まで。

ロープウェイで二之丸まで。

天守閣は現存する12天守閣の一つで難攻不落と言われた加藤公がおよそ50年かけて築城したお城。

歩いて10分と言われたけど私は喫茶店で待つことに。

娘はお母さんは行かなくて正解だったわよ～。

鳥取城よりは全然楽だったけどね～。

次女が写真とグッズを買ってきて、というのでクリアファイルなどを求めた。

松山城を後に司馬遼太郎の〝坂の上の雲ミュージアム〟へ。

このミュージアムは見所満載で、来た甲斐があったな。

明治時代を学ぶには格好のミュージアムだった。

夕闇迫る松山市の繁華街をホテルに急ぎ、夜はゆっくり温泉に浸かり昼間の疲れを癒す。

翌日はチンチン電車に乗って娘は憧れの道後温泉へ。

夏目漱石、正岡子規、高浜虚子ゆかりの松山。

お休み前の音楽は、松山の主婦が作詞した〝この街で〟。

## 穏やかなクリスマス

２０２１・12・25（土）

今朝のお目覚めの名曲はチェロとピアノで〝輝く日を仰ぐとき〟。

スウェーデンの人たちは誰でもに親しまれた歌。

讃美歌であり私の愛唱歌の１つ。

昨日の籠原コンサートでも演奏された。

クリスマスイブコンサートは、先生方には４回目、私には連続３回目の超贅沢なコンサートであり、日当たりのよいガラス張りで北欧木材で作られた素晴らしい教会で、
椅子はすべてソファーベッドを使用している。

お茶とクッキーが並べられ、素敵な椅子に座って大先生方の演奏を少人数で聴く。

中世の王侯貴族になったような気分になる。

昨夜帰宅して、娘と二人のクリスマスイブを過ごした。

私はコンサートで、娘は今年のお仕事の最終日だった。

イブだから外食でも?と言ったら、みんなカップルがお食事をしているのに、お婆さんとじゃあねえ……様にならないというのか。

こう言われたのよ、と友人に話したら「アハハ…ごめん、家で2人でワインでも酌み交わしたらいかが……」

ケーキを買ってきてくれるかと思ったら、遅い時間にケーキ屋さんの前には長蛇の列だったので「到底買えなかったわよ」……と。

そして、「日本人はどうして皆んなクリスマスにケーキを買うのかしら?」と言う。

ヨーロッパにはない風習で、クッキーを焼いたり、シュトーレンかな。

クリスマスまでに少しずつ切って家族でいただくドイツのクリスマスケーキ。おいしいけどお値段が少々お高い。

イブに最高のチェロコンサートを聴いて最高に幸せ気分。今日はクリスマスの日。

この日がクリスマスと決まったのはかなり古いけど、確かな記録はないのでは?

でも昔からこの日をクリスマスとして祝ってきた。

日本では本来の謂れも意味も消化されないまま、欧米の受け売りなのか商業主義にのっとってクリスマスデコレーションケーキやサンタさん、プレゼントだけが盛んになりケーキを食べ、若者はデートして子供たちはプレゼントを楽しみにするものになっているみたいで。

ケーキとチキンを食べる日になってしまっている日本のクリスマス。

イエス様がお生まれになった喜びの日なんだけど。

昔、牧師がツリーを飾っていたら、通りがかったピザ屋さんが、サンタの服装で、牧師に声をかけた。「教会もクリスマスをやるんですか？」笑い話になっている。

そういう私も子供たちが幼いころは、プレゼントが大変な気がかりと出費だった。

〝苦しみます〟とはよく言ったものだ……。

初めは知らなかったけど、フィンランドの友人に教わって、北欧スタイルの習慣に倣って、また教会でクリスマスを祝い祈りをささげてきた。

今年は、長く暮らした沼津を離れ、教会も東京へ転籍届を出して目下手続き中。

今日大森教会に行っても良いのだけど、昨日のコンサート、また明日の新潟でのリサイタルに向けての準備等で自宅で1人静かに過ごした。娘は予約でヘアサロンに行ったので、暖かい日差しの中お洗濯物を干して……PCと取り組む。

終日大好きな音楽がPCから流れて、暖かな日差しをお部屋の中に一杯取り込んで、穏やかなクリスマスの日。

世界的にクリスマス寒波だけど、日本海側でも今日から明日明後日にかけて記録的な積雪が予想されている。

まさにクリスマスだわ……。

フィンランドで初めてクリスマスを迎えた時、その時の感動は忘れられない。23日の昼間のFM放送で、私の「フィンランドで迎えたクリスマス」というエッセイがオンエアされたと連絡があった。タイムリーで……。

私は聞く事が出来なかったけど、収録後CDにしていただいたので自分では何回も聴いた。黄原先生の〝フィンランディア〟の演奏を使わせていただいたので、先生にもCDをお送りして聴いていただいた。フィンランドのクリスマスの様子がよくわかる。

教会暦では今日から新年となる。

キリストの誕生日がNEW YEARなのだ。

その昔、なぜクリスマスカードに〝MERRY CHRISTMAS AND HAPPY NEW YEAR〟と書くのかわからなかったけど、神様と出会って教会に行くようになって理解した。

新しい年から伝統あるフィンランド・アメリカミッションの大森教会に集うことになる。ルーテル教会はそもそも同じ派の教会なのだから、どこに行っても同じなのだけど。宗教改革のマルティン・ルターの教会でプロテスタント正統派。

フィンランドでは国教である。

最近、テレビでメンデルスゾーンの交響曲〝宗教改革〟を聴いたけど、あの有名な旋律が素晴らしかった。〝神はわがやぐら、わが強き盾……〟ルターの詩である。ドイツ国歌・オーストリア国歌は同じ音源でハイドンの曲。これも大好き。カルテットの演奏が何とも言えない。

いつかこの2曲を先生に演奏していただきたいと昨日お願いしたけど……。クリスマスには定番の〝メサイヤ〟があるが、昔沼津でも毎年暮れになると合唱団で演奏された。今はなかなか聞く機会に恵まれない……。CDがあるけど。

今年はクリスマスツリーがないから何となく寂しい。シンプルなクリスマスツリーをモミの木の生木で欲しいな。

今年は買えなかった。

でもポインセチアやシクラメンを買って、小さなマイルームに置いてある。クリスマスカラーで、お部屋にクリスマスムードを醸し出している。沼津の家にはクリスマスリースや各種オーナメントが飾られていて、新潟から帰るのを楽しみにしていた。

ところが青天の霹靂。3時過ぎ、先生から大雪により中止の連絡が入ったと電話があった。車でないと観衆が会場に来れない、駐車場がいっぱいになるし除雪が大変で、今回は見合わせることになった、という電話が入った。

誠に残念だけど天変地異では仕方がない。楽しみが春まで伸びた。

コロナでキャンセルになった一昨年の新潟コンサートに次いで。2~3回延期になったけどコロナが収まらず中止になってしまった新潟コン。ついていないわ……。

でも今回は延期。オミクロンが蔓延しませんように~。

新幹線切符などキャンセルせずに冬の新潟を楽しむことに。

私は温泉、娘はスキーとお酒かな。

スキー用具はすでに送ってしまってあるし、ホテルも取ってあるし……。

まあコンサートがあれば朝早く出発しなければならなかったけれど、ゆっくりでよくなった。考えてみれば以前中国でのコンサートが会場の都合で中止になったけど、その時も観光旅行に振り替えたけど、観光も良かったな。娘と2人で楽しんだっけ。

昨日、先生は電車が事故で遅れて大変だったけど、コンサート会場が音響も良くアットホームで、気持ち良く弾けた、と喜んでおられた。

私も昨夜は余韻に浸って中々寝付けなかった。興奮覚めやらず……。

新潟コンサートが春まで延期になって、楽しみの時間が長くなって、もう一度新潟に行ける楽しみが増えた。

物事は、前向きに考えることが大事。明日は朝ゆっくり出かけて、冬の新潟、温泉を楽しむことに。

普段着でもＯＫ。

クリスマスの晩を、シャンパンで乾杯。

映画、オバマ大統領の専属カメラマンの話を見て、早めに休む。

お休み前の音楽はチェロとピアノで、イギリス民謡〝アメイジンググレイス〟。

## 友人がコロナに感染した

2022・2・28（月）

今朝のお目覚めの名曲はチェロとピアノで、クライスラーの〝美しきロスマリン〟。

ヴァイオリンの名手クライスラーがヴァイオリンとピアノのために作曲したもので、チェロやフルート、クラリネットなどでも演奏されている。

うっとりするような美しいメロディ。

夜中にトイレに起きてスマホをチェックしたら、フィンランドのマリアンネから。

眼が冴えて……しばらくメールが来ないなと思っていたら何と……。

先週コロナに感染したらしい。大したことはなく普通の風邪ぐらいで、今はとても元気だという。

世界中では4億万人以上、日本では500万人と言われているコロナ感染者数だ。

でもこの数字上にはカウントされていない数の感染者がいると思う。

私の家族・親戚・友人・知人の中に一人も感染した人はいなかった。

今朝の情報で初めて親友が軽症でも感染していたと知りびっくりだった。

彼女も彼女の家族も医者だから細心の注意は払っていたと思うけど。

でも大したことはなくてよかったと安堵の胸をなでおろした。

彼女の夫君リストはかなり年上だから心配。でも何ともなかったようで安心。

感染したけど快復したことのほかには、やはりウクライナのこと。

長い間ロシアに占領されて圧政に苦しめられていたフィンランドがシベリウスの音楽
〝フィンランディア〟などで立ち上がり独立を勝ち取った。

しかし日本と同じように、ロシアによってフィンランドで最も美しい地方と言われる
カレリア地方を未だに割譲されている。

だからいつも日本をネイバーランドと言って同じ悲しみを持つ国同士の感情を抱いている。

岸田首相がロシアに厳しい制裁を表明したら、駐日ロシア大使が、北方領土交渉に影響するようなことを言った。

しかし昨日欧米各国と日本も同時にＳＷＩＦＴによる経済制裁に参加してくれたことにありがとう！と感謝の言葉が書かれていた。

世界中の人々が戦争を憎み平和を希求している。力によって国際秩序を乱したロシアに対して厳しい批判の声が高まっている。

メールを読んだ後少し休んで、起きてから彼女に返信メールを長々と書いた。

日本人は北方領土のこともあるし、ロシアに対しては良い感情は持っていないし私も嫌い。

でもロシア人の皆が悪いわけではないだろう。

プーチン氏が独裁者であって恐ろしいヒットラーやスターリンのようなので、国民はついて行かないだろう。

やがてロシアは被害も大きいようだし世界から孤立するし、この戦争はエンディングとなるだろう。

ロシアが一方的に悪いのだし、双方の話し合いも始まるようで一日も早く集結してほしい。

でも私はロシアの音楽家、チャイコフスキーやラフマニノフは大好きよ……とも書いた。

メールには書かなかったけれど、私はまだエルミタージュ美術館には行ってみたいな……でももう無理かな……。

今日は月曜日なので、娘はご出勤。

川口市の次女宅にて、チワワと2人きりだけど仲良くしてね……と心配そう。信頼関係が築かれていない私だけに吠えられたりもし、手を出すと噛まれるかもしれないという。

小さいのに王者の雰囲気を持つチワワ。

大事にされすぎて我儘になっているかな。

沼津で飼っていた3匹の猫と2匹の犬たちはみんな穏やかで仲良しで愛くるしいペットたちだった。

三毛猫の1匹だけは可愛いのだけど気位が高かった。

でも、ほかの猫ちゃんやワンちゃんたちと仲良しだった。

序列がはっきりしていていつも秩序正しかった。

三毛ちゃんはよく犬の背中に乗って遊んでもらっていた。

若いころ猫使いと言われていたほどの犬に良くなついでいて、恋人同士のようだった。

いつも体を摺り寄せて歩き、帰宅する車の音を遠くから察知して玄関に行き、お迎えして夫の肩に乗って居間に入ってきたものだった。

ペットってかわいいもの。大事な家族。

チワワ君も娘たち家族にとっては可愛らしい大事な家族の一員。

私が行かなければ平穏な毎日なのだろうけど……。

2人きりになって最初は心配したけど、彼は寝室に行ったきり居間に来なかった。

居間では終日パソコンからチェロの名曲がメドレーで流れている。

きっとチワワ君も良い音楽に心安らかになっていたのかな。危害を加える人ではないと思われたかな。

私がよく大森に行くので、娘に村岡花子の〝赤毛のアン記念館〟（現在は閉鎖）があるから行ってみたら？と言われた。

彼女のテレビドラマを見ていたころ大森に住んでいたんだっけ、とその当時行ってみたいと思っていたのに、忘れていた。

もうすこし暖かくなったら調べてバスで行ってみよう。

今日は昔読んだ花子の娘恵理の作品〝アンのゆりかご〟を娘に「暇だったらもう一度読んだら」と渡された。

チェロの名曲を聴きながら居間の日だまりで読むことにした。

娘がいると私に向かってよく吠えるのに、誰もおらず私1人だと、1日中娘の部屋のベッドで寝ていた。

私が台所に行くと何も言わずについて回る。何もやらないとまたベッドへ。

1回も吠えられず静かに読書ができた。

いつも窓から富士がよく見えるのに、昨日も今日も見えなかった。

良く晴れて眺望絶景なのに、春霞なのか……。

荒川の流れは眼下によく見えるが、スカイツリーは見えなかった。

村岡花子の生い立ちから東洋英和女学校時代の様子などまた激しい爆撃の戦下の様子がテレビドラマを思い出させた。

大森界隈の様子、池上本門寺へ逃げるなど辺りの様子が今読むとよくわかる。

今日は昼間誰もいないので、久々に電話をいくつか……。

沼津の友人たちと親しくお話ができた。

今日の東京のコロナ感染者は1万人を割った。月曜日だから正確な数字はわからないけど減少傾向にある。

早くコロナが落ち着いて、教会にも行けるようになれば、新しいお友達もできるだろう。

電話ではお話しできても対面で交わりができない、お友達が近くにいないというのは寂しい。

予防をしっかりして、Ｗｉｔｈ Ｃｏｒｏｎａで新しい暮らしのスタイルを見つけなければ。

家の中に閉じこもっていれば少しも体を動かすことも歩くこともない。

今日包括支援センターのケアマネージャーさんからお散歩のヘルプを利用しません

か?と。

一緒に短い時間歩いてくださるとか言うけどあまり気乗りがしない。

家の中で一人でもスクワットとか何かしらの運動をすればよいのに、私はどうしてもできない。

フィンランドのピアニストさんが、最近リタイアしたのだけど肩が痛むのでスイミング教室に通い始めたのよ、そして毎日ご主人とよく歩くのだとメールで。

私は泳げないのよ……。車にも自転車にも乗れない、長くは歩けないと答えた。

医師からリハビリ的に少しずつ運動をするようにと言われているのだけど……。

一緒に歩いてくださる方をお願いしてみようかな……。

夕暮時、今日は初めて少しだけスクワットをしてみた。

毎日続けば良いけど、できないだろうな。

ママが帰って来たら急に元気になったチワワ。体も小さいけど、気も小さいんだ。

心配していた今日の1日、1回も吠えられなくて良かった。

お休み前の音楽は、久々にロンドン交響楽団の演奏で、シベリウスの〝フィンランディア〟。

# 3・11から11年―上野へ

2022・3・11（金）

今朝のお目覚めの名曲はチェロとピアノで、日本の名曲〝ふるさと〟。
このメロディを聴くと胸が熱くなる。歌うと涙が滲む。
今日は暖かい1日だった。予定通り上野へ行った。
沼津の友人と9時半に待ち合わせ。
暑くてコートを脱いだけど、まだ暑かった。
先ず平成館でポンペイ展。
2000年も前、ベスビオ火山の噴火で埋もれたポンペイ遺跡。
未だ発掘が進んでいるとか。
災害の恐ろしさだけど、今日は奇しくも3・11から11年。
出土した数々を見て、かなり日本の同時代に比べて進んでいたなと思った。
迫力はやはり現地に行かないと〜。でもやはり来て良かったと思った。
美術館巡りは疲れるけど、友人とお茶して久々のお喋りは楽しかった。
続いて都美術館で、フェルメール展。

今回のメインは〝窓辺で手紙を読む女〟。
消えていたキューピッドが修復されて蘇った愛の作品。
真珠の耳飾りも牛乳を注ぐのも皆ごく普通の生活そのままで窓辺に差し込む光が素敵。
レンブラントやオランダ絵画の数々、見応えがあった。
遅いランチの後、友人が日暮里へ布地を買いに行くと言うので私は初めて行った。
彼女は沢山、布地を買って自分で縫うのだけど、私は洋裁のよの字も出来ないので、
もっぱら岡埜栄泉のお店を探していたけど見つからなかった。
トマトというお店で、フェルト地とテーブルクロス用の安い布地を2枚買った。
大森で別れて、一足お先に帰宅。
早速テーブルに掛けた。お部屋が明るくなった。1メートル百円の布地だけど〜。
また、日暮里へ行きたくなった。
布地屋さんがいっぱいあって、買い物客もいっぱい。
自分で洋裁が出来れば良いな〜。
娘に言ったら、興味がなかった。
明日、銀座に行かない？
今日は、よく歩いたので、腰が痛くて〜。
何時もちょっとお散歩と言っても、バス停までとか、郵便局までだから大して歩かな

い。

今日は13000歩。

友人は元気で疲れた様子はなかったけど、やはり私は〜。もう少し鍛えなければ。

美術館とデパートは若い頃から疲れるものだったけど。

噴火で埋もれた遺跡。

津波で失われたふるさとと命。

戦争で破壊された街と命。

今日は東北地方の震災から11年。未だ帰ってこない御霊。

帰りたくても帰れないふるさと。心の重い日だった。

でも暖かくて、過ごしやすい季節になって、久々に友人と楽しい1日を過ごせた。

夜、ニュースを見ながら、何故か申し訳なさを感じて、心が重かった。

お休み前の音楽は、チェロで、バッハの〝無伴奏チェロ組曲二長調より6番プレリュード〟。

## 沖縄本土復帰50年・帰京

２０２２・５・15（日）

今朝のお目覚めの名曲はロンドン交響楽団によるケテルビーの〝ペルシャの市場にて〟。

小学生の時、大好きな曲の１つだったな。

あの頃の自分は放送部で毎日たくさんのレコードをかけて自らも楽しんだ。

未だＣＤなんてなかったな。ＬＰ、ＥＰの時代。でも音は良かった。

今ほど物が溢れ欲しいものが何でも手に入る時代ではなかったけれど、便利な物も新しい物も知らなかったから不服を感じることはなかった。

家で大きなステレオを買ったときは嬉しかったな。

やがてテレビやワープロなど欲しいものがいっぱいになって、次から次に新しいものになり追いついていけない。

ＰＣやスマホの時代になった。

電子機器を使いこなせないうちに年齢を重ねた。

キャッシュレスの時代になって、手元に現金がなくても欲しい物が買えてしまうので使いすぎてオロオロする。

一人の生活に自信がなくなって東京の娘の所に転がり込んだけれど、カードケースには病院のカードとポイントカードがいっぱい。

定年後は何とか年金で暮らせるかと思っていたけど、差別のあった時代の女性の年金なんて僅かなもの。

オペラやコンサートに行く事なんて中々出来ない。ディナーなんて猶更の事。

まだ若い時、海外の友人を訪ねて、また国際ソロプチミストの会員になって海外に行く機会や交流に恵まれた。

海外からのホームステイを受け入れて長い間交流を続けた。

今は自由に体も動かず資金不足もあってもう何処へも出かけられないけど、少しでも若い時に得た経験交流は私の過去の栄光であり、宝物。

東京に住むようになっても、継続中の消化器科、腎臓内科、眼科、歯科、外科の診療には沼津、三島に通う。

なるべく予約日を近くにして頂いて、沼津の家の管理と日本語教室には月1～2回だから参加する。

循環器科は急を要するので東京の大学病院に転院した。

月に1～2回でも沼津に帰ることは必要であり、また楽しみでもある。

教会も大森に転入したけど、コロナだったし、沼津に来るとなかなか行かれない。

でもZOOM礼拝に参加できるし翌日にはYouTubeでも見ることができる。

生活は苦しいけれど、暮らしやすい世の中になったかな。

ウクライナの人たちの事を考えると何か申し訳ないけど。

1日も早くこの戦争が終わり地球上から永遠に戦争が起こらないことを願う。

午前中は玄関前を掃いたり、植物の点検。

アマリリスの蕾が膨らみ、柏葉紫陽花が咲き始め、グロリオサが随分丈を伸ばし、未央柳にも蕾が。

クチナシも大きくなってきた。

アボカドも枯れることなく、サンルームの植物たちはみな元気だった。

これから夏本番になると心配。

今日は東京に帰るから、たっぷり水やりして雨戸を閉めお帰り支度。

今日は沖縄本土復帰50周年。

私も若かった30代の手前だったな。あの当時よく〝沖縄を返せ〟と声を合わせていたもの。

本土に復帰しても本土並みにはなかなかならなかった。

依然として日本の7割を占める米軍基地の街。

基地の街だけど、美しい海、珍しい文化や食べ物などに私は憧れていたけど、日本画のお稽古に行っていた時、従姉から自分は絶対に沖縄には行きたくないと言われた。同世代の女学生が大勢殺されたのよ……ひめゆりの塔の話。

旅行大好きな一回り違う夫も、決して沖縄だけは行きたいと言わなかった。でも定年後体調を崩し一人では出かけられなくなった夫と2人で沖縄に行ったのは、あの首里城焼失前の年だった。

那覇空港で搭乗を待つ時、此処は何処だかわかる？と尋ねたら、蒲田駅と答えた夫に涙が出た。

夫の記憶は生まれ育った蒲田が鮮明に残っていたのだ。

沖縄。異国情緒があって、文化に溢れ美味しい食べ物にも恵まれ、海が綺麗。美ら海というのだそうな。

音楽も三線、音階も琉球音階……踊りや紅型の織物。シーサー……。

〝沖縄を返せ〟と歌っていた時から50年が経った今日、私の頭の中にはあの当時の自分が巡っている。

昼頃、ゆったり在来線の旅。順調に蒲田駅に着いた。

娘が迎えに来ていて、スカイブリッジを通って帰宅。

夕食後は映画を2本。

〝秘密への招待状〟と〝麗しのサブリナ〟。
オードリーの歌うシャンソン〝ラビアンローズ〟は素敵だった。
〝鎌倉殿の13人〟を見て休む。
あまり疲労感もなく、神様に守られ、今日も無事に過ぎた。
お休み前の音楽はオケで、ブラームスの〝チェロソナタ〟。

## 年齢には敵わない

２０２２・６・25（土）

今朝のお目覚めの名曲はチェロとピアノで、ルビンスタインの〝ヘ調のメロディ〟。
久々に聴いたかな。
とにかく１００曲以上が毎日繰り返し流れるので、今日は何？と楽しみ。
曲はわかっても、タイトルが思い出せない。昔、イントロだけで答えられたのに〜。
聴いた事はあっても曲名が出てこない。
名前が出てこないのは、音楽に限らず、人の名前が中々出て来ない。
顔はわかっていても、名前が〜。
健忘症。いや私は日付も時間も時々わからなくなるからもう認知症かな。

家族の名前も顔もわからなくなったら、本当の認知症。
物忘れなんて大した事ではないかな。
未だ私の若い頃、結婚してご主人の祖母と暮らした友人が、よく話してくれたけど、
その当時、中々理解出来なかった。
台所には鍵を掛けるのよ。醤油を飲んでいたんだもの〜。
徘徊して近所の方から連絡を受け迎えに行き、背中におぶって帰ると、どちら様かご
親切にありがとうございます♪と言われて〜。
その当時、認知症なんて病名は知らなかった。ボケて来たのよ、と言っていたな。
昔、〝明日の記憶〟という渡辺謙の映画を夫と2人で見た。
若年性アルツハイマー症で道ですれ違った奥さんが誰かわからず挨拶して別れる。
その時の夫人の悲しみは如何ばかりだったろうか。
病が進むと、家族でさえわからなくなってしまう。
私の夫が矢張りアルツハイマーになって、娘に私の事を同僚だと言ったり、息子の車
で旅行した際、自分の住所を言い降ろして下さい、と言った。
自分の家族がわからなくなってしまう。
〝我が母の記〟でもそうだ。
沼津の海へ行きたい〜、沼津へ行けば息子に会えると思い行ったのに。

息子に背負われ、どなた様かご親切に、と言う母に涙する息子のシーンが堪らなく悲しかった。家族すらわからなくなってしまうなんて。認知症の恐ろしさ。

今、最も深刻な認知症、有吉佐和子の作品を読んで笑っていた頃の若い私も、現実になった時の悲しみ、恐ろしさは堪らなかった。

人は皆、老いていく。仕方のない事だけど、悲しい。

先日読んだフェイスブック記事で、認知症になった母親が同じことを何回も聞くと何回聞くんだと怒る息子が、母が亡くなった時、母の書き綴った日記を読んで、自分を育てていた頃の母の日記に、我が子がこれは何？　と繰り返し聞かれて何回も聞かれて嬉しかった、と書かれていたくだりに涙が出て堪らなかった、という事があった。

同じ事を何回も聞くと叱ってしまった自分を反省した息子の記事だった。

母と息子や娘、どんなに老いてわからなくなっても、育ててくれた母に対する感謝の気持ちというか、家族愛を感じた。家族の絆、愛情を美しいと思った。

自分が次第に老いていく今、家族の絆を大切に思う様になった。

夫婦も親子、兄弟もかけがえのない絆である。

最近、家族関係が希薄になっている様な気がする。

〝我が母の記〟を見て、涙が止まらなかった。

今日、息子の一家が数年ぶりに帰ってきた。

子供たちはいい歳になり、孫は目の中に入れても痛くないほど可愛くなっていた。
勤務の都合やコロナなどで中々会えなかった年月。
明るく無邪気な孫に、疲れも忘れて楽しいひとときを持った。
家族ってかけがえのないものなのだ。
核家族化が進む昨今、家族の絆を強く噛み締めた今日であった。
今日は日本語教室のお当番日。
久々にタイの女性とのクラスだった。
以前遊びに行ったタイがとても懐かしく感じられた。
一人ひとりとのクラスを通じた交わりは私の宝。
だからこのボランティアは出来る限り続けたいと思っている。
人と人との交わりは、どれほど自分を若く保ってくれるか〜。
やる気を深めた1日であった。
明日は、久々に娘と沼津で過ごす1日。
1日1日を有意義に過ごしたい。
お休み前の音楽はチェロとピアノで、ドボルザークの〝我が母の教え給いし歌〟。

# 歯科検診

2022・7・8（金）

今朝のお目覚めの名曲はチェロとピアノで、クライスラーの〝ロンディーノ〟。

沼津で目覚めた朝。

涼しく感じた。24度だった。

東京でも5時台は未だ涼しいけど。

朝起きて雨戸を開け、サンルームの植物たちを見る。

昨日萎れていたアボカドはぴんとしていた。

庭は草ぼうぼうで、見るに忍びない。

昨日たっぷり水遣りしたので、今朝はやらない。

早く庭の草がなくなって、庭の手入れ後、次回来るときはさっぱりしていると良いな。

今日は三島の歯医者。

いよいよ治療は終わりかと思って行ったら、何と暫く間があって、又歯茎が隆起していたので、麻酔をして切開。今日は仮の被せ物。また来なければ〜。

治療が終わる頃、三島のお姉さまがお迎えに来てくださる事になっていたが、待合室に顔を出すと同時に安倍さんの銃撃事件の報告。
アメリカならいざ知らず、日本で？　ＳＰが付いているのに〜。警備は？
大体散弾銃を持った輩が群衆の中に居たなんて考えられない。
彼女の家まで行く間も、ご自宅へ着いてもテレビに釘付け。
ご近所の友人をお呼びして同世代３人のランチと交わりの時。
積もる話は終わることなく続く。
結局帰宅したのは7時近かった。
水遣りは明日にして、簡単な夕食を済ませテレビに釘付け。
大きな散弾銃ではなく、40センチ位の手製の銃だとか。
犯人は41歳無職の男性。政治的なものではなく、宗教上の恨みだとか。
一番安全な国と言われる日本で、日本の元総理大臣が選挙期間の遊説中の白昼の蛮行。
民主主義を破壊する事件が日本で起こったとは。要人にはＳＰが付いているのに。
奈良県警も県の党本部の警備はどうなっていたのか。考えられない。
事件を起こす輩は入念な計画的行動をするもの。
でも、今日の遊説は昨日決まったばかりと言うから、咄嗟の犯行か。
心肺停止でドクターヘリで搬送され、蘇生術で生きると思っていた。
期待と祈りは報われず一国の元首相が凶弾に倒れ死ぬなんて〜。

思わずダラスの金曜日、ケネディを思い出していた。
初の衛星中継が始まって最初に飛び込んできたニュースに衝撃を受けた。
今日の同世代の交わりは豊富な話題に花が咲き、いつ終わるともなく続いた。
今日の交わりは忘れられない日となった。
こんなことが許されてなるものか。実に情けない悲しい日となった。
何も手につかず、テレビの前を離れられず遅くにお風呂に入って寝るだけ。
明日は洗濯物を干したり、水やりをしたり、生ごみを捨てたり〜。
午後には帰り支度をして市立図書館へ。
日本語教室のお当番。友人のお迎えは12時半。
終わったらすぐ上京。
日曜日は教会に行き、都民になって初めての選挙に行く。
投票所が隣の小学校だから、期日前投票は今回敢えてしなかった。
今日の悲しい事件は選挙にどの様に反映するか。
お休み前の音楽は選んでオケでグリーグのペール・ギュント組曲から〝オーセの死〟。

# 盂蘭盆会・敗戦記念日

2022・8・15（月）

今朝のお目覚めの名曲はチェロとピアノでカザルスの〝鳥の歌〟。

カタルーニャの古い民謡で讃美歌でもある。

チェロの神様カザルスが編曲し、国連本部で演奏し、世界的に有名になった。

平和主義者カザルスは、国連本部でこの曲を演奏する時〝カタルーニャの鳥はピース
ピースと鳴くのです〟と言って演奏したという。

初めてホワイトハウスでケネディ大統領の前でも演奏した。

今日はお盆。

私は取り立ててお盆の行事に参加しないけど、日本の良い風習だと思う。

本当はお盆って7月15日だけど、旧暦の8月15日をお盆と言う地域が多く、お勤め人
が故郷へ帰省する。

今日は敗戦記念日で、あの忌まわしい戦争が終わって77年経った。

憲法9条があるから、77年平和が維持されてきた。

でも先頃の国政選挙の結果、憲法改正派が多数派となった。

選んだのは他でもない私たち。

ロシア、北朝鮮、中国から侵略されたらと、日本も戦闘参加出来る国になろうとしている。

岸信介氏に繋がる政治家が強く願い続けた憲法改革。

それに統一教会が深く深く関わってきた。

新しい内閣にも関わった閣僚が何人もいて、関わりは払拭出来ない。

アメリカにも深く政治経済に影響を及ぼしている統一教会。

何だか恐ろしい現実に驚いている。

敗戦記念日の今日、沖縄本土復帰50年の今年、戦争について深く考えてみたい。

少なくとも、少しでも戦争の恐ろしさを間接的に知っている私たちが、声を大にして若い人たちに伝えなければならないと思う。

あの日、私は未だ1歳で、母の背中に背負われていた。

実際には何も知らない。

でも兄たちを失い、逆さを見た両親の深い哀しみや苦しみを子供心に見聞きし感じてきた。

沢山の本や被爆者、先人たちの訴えや記録を読み、戦争には反対の心を持ってきた。

広島や長崎に行ってその思いは強くなった。

もうそんなに長くはない命。
せめて残された日々を平和な世の中で過ごしたい。
子供たちや孫たちにも平和な世の中で幸せに過ごしてもらいたい。
そんな当たり前のことを敢えて願わなければならないなんて。
娘は今日はお休みではない。
私はまた1人でテレビに釘付けか。
この暑さはまだまだ1ヶ月は続くのだろう。
朝ドラの後は音楽交差点。
今日聴いたのは〝平和を願うチェロの調べ〟。
ロシア（モスクワ出身）のチェリスト、ドミトリー・フェイギンさん。
東京音大教授でもう20年になられる。
祖父と父がウクライナ出身。
元は1つの国だったウクライナとロシア。
今ロシアにいる人たちは何も言えない。
外国にいるロシア人は戦争反対と言えると。
今、ウクライナ支援コンサートが沢山。
平和を願って、大谷さんとのコラボは、プロコフィエフのピアノトリオ〝戦争と平和〟。

教授として今の若い演奏家に一つ注文が。

昔、皆んな譜読みをして、自分で音楽を作ったけど、いまの学生はＹｏｕＴｕｂｅで聞いて真似して演奏する。

スマホを便利に使った分、譜読みして自分の音楽を作らない、と大谷さんと同じ思いを述べていた。

フェイギンさんのソロはチャイコフスキーの小曲から。

素晴らしい音色で、心に響いた。

敗戦記念日の今日、今尚考えられない戦争が現にロシアとウクライナで行れている。

話し合いで止めさせる事は出来ないものか。

それどころか、アメリカの武器商人はどんどん武器をウクライナに送り、ヨーロッパ各国も武器を送り戦争を激化させている。どうして？

確かにロシアは一方的に武力侵攻していて許されない。

ロシアに簡単に負けるわけにはいかないとウクライナに武器を送り、戦わせるのもどうか。

１日も早くこの戦争を終わらせなければ犠牲者は増えるばかり。

今日の平和を願うチェロが彼の国々に届いてほしいと思った。

ロシア人の皆が戦争をしたいとは思っていない。

プーチンがやめれば良いのだ。

日本も、嘗てもっと早くに終戦を決めれば、東京大空襲も広島長崎原爆投下もなかった筈だ。

近衛さんらの進言を聞かず、更に戦争を推し進めたばかりに、多大な害を被った。

トップの決断が如何に大切な事か。

今朝、仙台の友人から嬉しい電話があった。

朝顔の種を蒔いてからかなりの時が経ったが、今までなかなか花が咲かなかった。

でも今朝やっといくつも咲いていたという喜びの電話だった。

三島では、もう毎日10輪以上の花が咲いていると言う。

これから、あちこちで咲き乱れる事だろう。

今年は日中国交回復50周年の年にも当たる。

満州事変で政略結婚させられた愛親覚羅溥傑・浩夫妻の愛した朝顔が、日本でも沢山花を咲かせている。

戦争のない平和な世界になりますます様に！と、頂いた貴重な朝顔の種を何人かの友人たちに送った。

皆さん種を蒔き、大事に育てた。

私も狭いベランダにプランターで。

早くに種蒔きしてもなかなか発芽しなかったので心配した。

でも雨水の頃発芽して、双葉から本葉に、そしてツルが伸びて初めて1輪咲いた時は
感激した。

普通の朝顔とは違って、茎もツルも赤く、花は大きくて赤、紫、縁が白。

咲く時もつぼむ時も気品があって、とても綺麗。

我が家のプランターは比較的に小さいので、それ程大きくはならないけど、送って下
さった群馬の先生のお宅では、地植えなので見事。大きな花が咲き乱れている。

三島のお姉様のお宅にも毎朝10輪以上の大きな花が咲いていると写真が送られてくる。

小さな種が見事に各地で花開いた。

後は種を採り、来年更に増やしていきたい。

今日の蒸し暑さは格別で、よく水を飲んだ。

熱中症で運ばれる人はあまり聞かないけど、コロナで救急車が足りないとニュースで。

消防車を代わりに使っているとか。

自宅療養者が多く、自宅で亡くなっている患者さんがかなりいるとか。

コロナ禍になって3年目。

行動制限のない初めてのお盆と言われて、空も陸の便も賑やかだ。

制限がないから～でも自らを守る姿勢は必要だと思う。

アルコール消毒をする人が少なくなっているとか。

マスクをするのはもう当たり前になっているが、暑いからとやらない人もいるのかしら。

ワクチン接種状況は？

大森駅前にはＰＣＲ検査場が出来ていた。

みんな利用しているのかしら？

まだまだ一人ひとりが注意しなければ。

第7波だもの。

これ程医療が逼迫しているとはびっくり。

今日もテレビでは統一教会の問題が。

韓国で行われているビッグイベントの様子が。

北朝鮮の金正日氏も花束や弔電を送ったり、アメリカやアフリカなどの政府要人もいっぱい。

でも海外には被害者がいないとか。

皆んな日本人被害者から集めたお金で、運営されているとか。

日本では、国会議員や地方でも議員さんたちが関係していることが次々にわかり大きな問題になっているけど、外国ではそれ程でもないのかしら。
今日は娘の帰りが遅いので、録画を沢山見た。
〝レッドクリフ〟〝ヒトラーの最期の12日〟とか。
そして最後はマーラーの〝巨人〟。
お休み前の音楽はオケで、ハイドンの〝チェロ協奏曲〟。

## チェロの響きと朝顔の美しさと

２０２２・10・５（水）

今朝のお目覚めの名曲はチェロとピアノでショパンの〝チェロソナタ〟。
素敵な音楽での目覚めだけど、珍しく娘より起きたのが遅かった。
朝方確かに夢を見ていたようだけど、どうしても思い出せない。
滅多に夢を見ることのない私。
娘はよく父親や祖母が夢に現れると言うが、私は殆ど夢に彼等が出てこない。
私は既に夫や母たちに忘れ去られているのかしら、夢にも出てこない。
嘗てはテノールに魅せられて、今はチェロの深淵で温かい音色に酔う私。
人は変わるものであると思う。

変わらないものは花を愛でる喜びと音楽をを聴く喜び。

幼い頃から沼津の実家の広い庭に咲く四季の花で季節を感じ、母と過ごした日々。

若くして両親兄姉を失った後、夫と子供たちと過ごした小さなお庭の家。

狭い庭に、幼い頃好きだった花や木を所構わず植えたり挿木をして増やした。

何でも種を撒き、芽が出て大きな木になる。

植木屋さんに叱られ抜いていかれた。

狭い庭に大きな池を作ってもらって鯉や金魚を飼った。

50年もすると、池は水が漏るようになり、夏の暑い日に酸欠で何匹か死んだ。

植木屋さんに始末してもらったが、また留守をするようになって、ある日全部浮かんで死を待つばかりだった金魚を発見し、水を入れ餌をやったら全部泳ぎ出した。

瀕死の金魚たちを危機一発で救った。正に水を得た魚。

息子一家の協力で水槽2台に移した。

メダカも一緒に。

隣町に住む義娘が時々点検に来てくれるようになった。

花も植木も、金魚もみんな生き物。

水は命。私も水は片時も離せない。喉の渇きと服薬に必要。

毎日、音楽を聴かないといられない。

特に今は疲れた時、悲しい時に心も体も癒してくれるチェロの響き。

朝起きた時、音楽が聞こえ、花を愛でる一番幸せなひととき。

暑さに弱く、歩くのが苦手、運動は全て嫌い。

呼吸が荒くなり、体が疲れる。

心臓に障害があるから労る。従って余り動かない。

却っていけないとは思いつつも、自分に甘える。

もう両親の年齢以上に生きてきた。

いつ召されても良い年齢。

今は身辺整理をしながら、大好きな音楽を聴き、娘に頼んでコンサートにも行く。

フェイスブック友達に頂いた愛親覚羅溥傑夫妻の愛した朝顔の種を狭いベランダに蒔き、夏から秋になっても毎朝その高貴で優雅で、嫋やかで、色鮮やかな朝顔が私の衰えた体や心を癒してくれる。

私に音楽と花が無かったら〜。

老後の人生は闇。

チェロの響きに支えられ、珍しい朝顔の健気に咲く様に心和みなんとか生きている喜び。

22年前、心筋梗塞から生還し、感謝してボランティア活動に励んできた。

明治生まれの両親に育てられ、40年以上現役で子育てしながら働いてきた。もう少し生きる事が許されるなら、精一杯子供たちや友人たちに甘え、好きな事をして生きていきたい。

今日は曇り空で、程なく雨が降り出した。明るいうちに沼津へ。

明日の早朝から蓄尿をして、明後日市立病院の定期検診に行く。

東京の娘を頼って転居はしたものの、やはり長年お世話になった病院を離れることは出来ない。

定期検診を兼ねて沼津の家にも風を入れ、長く続けてきた日本語ボランティアにも参加出来る。

友人たちに支えられ、沼津の生活も楽しむ。

高齢で病弱なのに、病院通いと日本語教室、コンサート通いというと元気が出るから不思議。

みのりの秋、食欲の秋、芸術文化の秋。四季の中で最も大好きな秋。

元気でいなければ。折角頂いた命を大事に大事にして。

小雨けぶる道をバス停まで。涼しくて良いわ。

川崎駅から何時もの様に東京上野ラインで。

乗換が楽で安くて、いつも座れて真鶴辺りの美しい海や浮かぶ島々を眺めるのは在来線旅の醍醐味。

晴れた日はさざなみに陽の光が眩いばかりに煌めき、まるでダイアモンドを散りばめた様な美しさが広がる。

今はエレベーターがどこにでもあってキャリーと杖があれば楽に沼津くらいまでなら1人でも行ける。

エスカレーターはちょっと怖い。

予報では暫く雨。

秋の長雨とか、一雨ごとの寒さかな。

静岡県清水区は先日の台風で、甚大な損害を被った。

しかし幸いにも沼津三島地区は被害を免れて、東京も。

これでコロナが終息してくれれば元の生活が戻ってくるかしら。

物価高騰の波は恐らく消えないだろう。

核の脅威、戦争のない平和な時代が続いてほしい。

世界中のお友達と自由に行き来が出来、楽しく交流したい。

グローバルに生きてきたのに、コロナで一変した。

海外の友人たちとのプレゼント交換も出来なくなった。

郵便も敬遠され、メールやライン、フェイスブックメッセンジャーで連絡し合う今。

案外近い国、フィンランドやリトアニアにもロシア上空を飛べないから郵便も遅いし、旅行も飛行機代が高くて。

小麦、大麦、ガソリンなどが値上がりしているのはロシアとウクライナの戦争のせい。

早く終わりにしてほしい。

第3次世界大戦にだけはなりませんように！

片浜駅に着いた時はそれ程酷い降りではなかったけど、タクシーで自宅まで。

蒲田を出てから一度も傘を差すことなく濡れずに帰ることが出来た。

先週帰ってからまだ1週間も経っていないので、水槽の金魚たちは元気で花瓶の花たちもそのままだった。

涼しくなったし、良かったわ。

何時もはまず花瓶の花を片付けて活け替えてから着替えて荷物を出すのだが、今日はその一仕事がなく、一番心配だった金魚たちが元気に泳いでいたので嬉しかった。

尤も義娘がその間に一度様子見に来てくれたとラインがあったので、玄関を開ける時の不安は無かったが〜。

夕食後は一応見られなかった番組をチェック。

やはり疲れたのか、いつの間にか睡魔が襲ってきた様で。

夜は予報通り肌寒くなった。

昨日は30度もあったのに、急に寒くなって体に堪える。

温まって休む。

あっと言う間の環境変化だ。

お休み前の音楽はチェロでバッハの無伴奏チェロ組曲1番から〝プレリュード〟。

## 同世代

2022・10・21（金）

今朝のお目覚めの名曲は、タルティーニ作曲、川畠成道さんのバイオリンで、〝悪魔のトリル〟。

タルティーニが夢の中に浮かんだメロディで作曲したので、この名前がついたと言う。

本当に美しいメロディ。多くのバイオリニストの演奏をYouTubeで聴くことが出来るけど、私は川畠さんのCDで時々聴いて楽しむ。

今朝は早く起きて、珍しくキッチンに立つ。

使い慣れたキッチンなので、勝手がよくわかるから。

何時も娘が用意してくれるけど、沼津の朝食だけは私が腕を振るう。

前夜長距離を運転して来たので、朝はゆっくりさせてやりたい。

でも今朝はウォーターサーバーのお水交換が8時に来るので早い朝食。

それに三島の歯医者に送ってもらう都合もあった。

私の歯科定期検診の日は、三島のお姉様と彼女のご近所の素敵なお友達と、このところ一緒にお食事とお喋りを楽しんでいる。

何時もお姉様のお宅にお世話になっているので、今日は是非私の家に、とお招きした。

歯医者さんから送ってもらいながら自宅の荒屋に。

何の準備も出来ないので、前日にお持ち帰り専門店の鰻屋さんに注文しておいたので、通り道のお店に寄ってもらって、焼き立ての蒲焼きと肝吸いを持って。

朝出掛けにご飯の用意さえしておけば、すぐに美味しい鰻丼が食べられるのでとても便利。

肝は塩をして一度熱湯をかけ、インスタントのお吸い物に入れるだけ。

いとも簡単に美味しい鰻丼が食べられるわけで。

漬物各種、いくつかの箸休めで、楽しい会食。

その後は延々と日暮れまで楽しい会話が弾む。

80歳を筆頭に79歳、78歳の同世代を生きてきた熟女3人の楽しい楽しい会話が弾み、時の経つのも忘れて。

同世代の3人かしまし娘の語らいは実に話題が豊富で、懐かしい話、旅の思い出、文学や芸術、政治経済などなど多岐に亘り留まることがない。

これ程楽しい交流のひとときは私たち熟女ならではの最高の交わり。

皆んな気の合う寡婦の集まり。

女性に生まれて、これほどの楽しい時はない。

それぞれ夫に死に別れ、子育てを終わり、何の気兼ねもなく語り合う。

天が与えてくれた最良のひととき。

女性に生まれてよかったな。

同じ世代を生き抜いた熟女は、共通の話題、それぞれの感性で心の溶け合う時間、空間を楽しむことが出来る。

それこそ時空を超えた悦のひとときだった。

時よ、止まっておくれと思ったけど、秋の日は釣瓶落としで容赦なく暗くなる。

三島まで帰る2人を車が見えなくなるまで手を振り見送る。

友人たちが帰られた後、娘がドライブから帰宅。

沼津に生まれても、高校卒業後より東京住まいで、沼津の新発見をして来たみたい。

夜は息子一家が来て、水槽の水替えをしてくれた。

ご近所さんたちが懐中電灯を持ってのお散歩途中で、久々の立ち話。

息子の同級生だった女の子たちのお母さんたちに息子共々何年ぶりかで会い、時の流れの速さに驚く。

矢張り故郷って良いな、幼い頃の思い出が蘇る。

東京にいると毎日1人で近所の人とも行き合うことがない。

隣の人は何をする人ぞで、全く孤独。

自室を出ることもなく隣人と顔を合わすこともない。

まだ新しい友達が1人もいない寂しさを味わっている。

だからテレビとスマホが友達で、旧友との長電話で日々を過ごす毎日。

時々沼津に来ると、生き返ったような。

確かに高齢者になると、東京暮らしは便利で住みやすい。

でも矢張り不便さはあっても故郷は懐かしい。

先日のチェロコンサートで、アンコールに〝ふるさと〟が演奏された。

何時もこの曲を聴くと、懐かしい自分の故郷を思い出す。

久々に沢山の人たちと会えた今日は、疲れ、腰が痛くなった。

脊柱管狭窄症のお仲間が多いけれど、みなさん元気に運転したりお散歩をしている。

元気な人たちに励まされ、私ももう少し活動的にならなくては〜。

お休み前の音楽は、チェロとピアノで、成田為三の〝浜辺の歌〟。

# 富士山雪化粧

２０２２・10・25（火）

今朝のお目覚めの名曲はチェロとピアノで、岡野貞一の〝ふるさと〟。
私の大好きな曲の一つ。
10日、麻布十番のチェロコンサートでアンコールに応えて演奏して下さった。
数年前、初めてチェロで聴いた時、思わず目に涙が。
３・11や先生の思いに、私の思いが重なって落ちた涙。
それ以来何回となく聴く機会があり、ＣＤもよく聴く。
地方のコンサートに行くと何時も舞台と客席が一つになってこの歌を歌う。
日本の第二の国歌と言っても過言ではない様な。讃美歌の様にも聞こえる。
誰もが持っている故郷に想いを馳せる名曲。
今朝は思ったより寒くなく、布団や寝巻きを冬用にしたからかな？
14℃だったが微風だけどベランダに出るといささか寒かった。

まだ小振りの朝顔が1輪健気に咲いていた。

ベランダには朝顔の鉢がまだ4鉢あるが、だいぶ趣きが変わった。鉢を室内に移動したから。
朝顔は種ができているので、茶色になって来年のタネを採るまでそのままで。葉は依然として緑が鮮やか。

昨日のコンサートは初めて聴いた新日本フィルだったけど、やはりオケは素晴らしい。前橋汀子さんは私よりちょっとお姉様かな？
背筋が真っすぐでワインレッドのドレスが素敵、演奏は更に素晴らしかった。

サントリーホールに、行きたいと思っていた天麩羅のお店があったので何はともあれ入った。美味しいので調子に乗って頂いてしまった。コンサート中、少し胃がムカムカ。
夏の初め、別の天麩羅店でも少し胸焼けが〜。矢張り私には天麩羅はダメなのか。でも好きなだけに、喉元過ぎれば暑さ忘れて食べたい。

帰りに新橋西口に行列が出来ていたので釣られて買った鯛焼きが、電車中でもお膝が温かくて。帰宅後頂いたら何とあまりにも美味しくて感激。

季節限定の栗渋皮餡や鳴門金時餡、十勝小豆餡など。カスタードも。


私が現職の頃、富士支店前のレコード屋さんで1日中〝およげ！たいやきくん〟が流れていて、嫌でも歌詞もメロディも覚えてしまった。

最近の事はよく忘れるけど、この歌、今でも間違わずに歌える。


昨日まで夏富士だったのに、今朝真っ白に雪化粧した富士山の美しい写真が友人からラインで送られて来た。何人かがフェイスブックにもアップしていた。

初冠雪は既に見られたけど、雪化粧した富士山はこの目で見られなかった。残念。


毎日のように見てきた富士山。決して飽きることのない富士山。

海外からホームステイされたゲストの誰もが富士山に憧れていた。

何よりのご馳走かな。


今朝よりずっと寒さが増した午後、昨日見られなかった番組などを見た。

朝ドラの〝本日も晴天なり〟は昨日からいつも以上に重い内容で広島、長崎に世界で初めて新型爆弾原爆投下。

広島では1発で17万人もの人々が亡くなり、壊滅状態となった。


今日の放送は、ポツダム宣言受諾が海外放送から伝わってきた。

緊迫した状況でラジオの果たす役割が放映された。

後5日後に敗戦となるわけで。


ミヤネ屋では沖縄返還50周年で両陛下が訪問されたことなど、戦争は絶対に繰り返してはならないと強く感じた。

報道1930ではこれからのロシアの戦争の変化を知った。

時間を追ってぐーんと冷えてきて風も冷たく寒さは冬並みになり、整形外科のリハビリに行くか行くまいか〜。


考えた末、コートを着て散歩を兼ねて出掛けてきた。

低周波を掛け15分横になる。

とても気持ち良くて眠くなる。

昨晩も寒かったが、今日の寒さは冬並み。
明日の朝も更に寒いとか。
徐々に寒くなるなら、体も慣れるだろうが、急激に変化するので堪らない。
竜巻や雹が降った所があるなど、天候異変が最近多いような。
明日の午後から寒さが和らぐそうでホッとする。
こんな寒い夜には早くお布団に入って〜。
お休み前の音楽はチェロとピアノでショパンの〝チェロソナタ〟。

## 南国土佐を後にして

２０２２・10・31（月）

今朝のお目覚めの名曲はチェロとピアノでポッパーの〝タランテラ〟。
激しい曲で、目が覚めた。
昨夜の大きなお風呂でよく温まったからか、お水を飲む回数が少なかったのか、疲れたのか〜。

珍しく夜中に一度も起きなかった。


ポッパーはチェリストで作曲家。

彼の曲に触れ知ったのはごく最近。

沢山の曲を聴いているわけでもないけど、聴いた限りではどの曲も感動的。


〝ハンガリアンラプソディ〟は特に好き。

初めて聴いた曲で驚くほど感動したから。〝タランテラ〟は確か毒蜘蛛に刺されて踊り狂うと聴いたことがある。

だから激しくテンポも速いのだろう。

最近新しい曲を聴いてまたまた感動した。


今朝は1日バス券で桂浜へ。

20年程前に夫と来た時とは大分変わっていたかな。

先ずびっくりしたのは龍馬像。

日本最大と言われる13メートル48センチという巨大な銅像。〝心はいつも太平洋ぜよ〟。

巨大像を見つめている間、寄せては返す波の音。

紺碧の海の向こうの外国を見つめている龍馬の想いが伝わってくる様だった。


私でも歩けるように階段だけでなくスロープが出来ていて、何とか桂浜まで行く事が出来た。

公園の様になっていた。

五台山公園までまたバスで。


展望台だった。私は展望台には登れなかったけど、小高い山なので、眺望絶景。

小一時間、つわぶきや千日紅や木々の紅葉、また赤とんぼも見つけて、高知の秋を楽しんだ。

高知駅には土佐勤王党の三人の像があり、龍馬を筆頭に高知県には沢山の偉大な人物を輩出したことを学んだ。


岩崎弥太郎やジョン万次郎、濱口雄幸、吉田茂など総理大臣経験者や牧野富太郎、勝海舟などに、この人も？　と改めて知った。

山内一豊と妻千代、板垣退助、山内容堂は昨日じっくり見てきたけど、凄い人材が多いのに感心した。

また漫画家で有名なやなせたかしさんや横山隆一さんも県人だった。最初なぜどこにもアンパンマンの像があるのかわからなかったけど。

今日も播磨屋橋界隈を散策したけど、ペギー葉山さんの手植えの記念植樹や私もよく知る〝南国土佐を後にして〟の歌碑や謂れなどが掲げられ、一世を風靡した歌や、またチンチン電車についても日本最古でダイヤモンドクロッシングという珍しい交差点であることも知った。

旅に出ると新しい知識を発見したり、歴史や地理を知り、地場の美味しい物を食べたり、名産名物を知ることも出来る。この年になって〜と思うが、娘が介助して連れて行ってくれるから旅を楽しめる。

全てが冥土の土産？　まだ自分の脚で歩ける間に行ってみたい所がいっぱいある。

1人では何処へも行けないけど、連れ出してもらえることは幸せで感謝である。短い1泊2日の旅だったけど、楽しい想い出を増やすことが出来た。

障害があっても、動作がゆっくりでも、どなたも嫌な顔ひとつしないで、労ってくれる。

ネットで見たら、ある政治家2人が障害者に対する差別発言をしたと。

誰も好きで障害者になったわけではなく、ハンディがあっても等しく幸せに生きる権利はある。

高齢者になっても、私たちが若い頃、この日本を支えてきたのだと胸を張って生きても良いのでは。

飛行機にしてもバスにしても乗務員は勿論、乗客もみな親切だった。

この2日間、雲ひとつなく、真っ青な空に、上着のいらない暖かさは本当に素晴らしい行楽日和だった。

夜7時半には帰宅して軽い疲れはあったけど、楽しさで帳消し。

お休み前の音楽はチェロとピアノでラフマニノフの〝ヴォカリーズ〟。

## 琥珀のネックレス

2022・11・3（木）

今朝のお目覚めの名曲はピアノでドビュッシーの〝月の光〟。
昨夜の月はお椀が少し傾いた様なふっくらとして明るく輝いていた。綺麗だったな。
今日は十日夜《とおかんや》で、十五夜・十三夜に並ぶ三月夜だとか。
明日から酉の市。
家の前の木々の紅葉は日一日と増して美しくなった。

昨日咲かなかった朝顔が今朝は2輪、小さいけど開いていた。
ほぼ快晴の朝、体感温度はさほど寒いと感じない秋の日。
1年で一番好きな季節。

良いお天気なのでお洗濯物をいっぱい干して10時半過ぎお出掛け。
私はどうしても行きたかったオペラ〝人道のさくら〟を早稲田大学大隈講堂へ。

昨日は娘が車で、という事だったけど、渋谷からバスで行く事に。

娘は休日を1人で楽しみ、私はオペラを楽しむ。終わる頃また迎えに来てくれる。

先月麻布十番でランチコンサートだった。

大好きなチェロとピアノでまた美味しいお料理で満足だった。

今日もちょっぴりおめかしして。でも背中の丸みが気になる。仕方がないか。


先日は真珠のネックレスだったけど、今日はリトアニアが舞台なので、琥珀にした。

杉原千畝夫人幸子さんの告別式に、沼津在住の妹さんは、真珠のネックレスを琥珀に変えて向かわれたという。思いやりに感激した。だから私も琥珀に。

リトアニアは琥珀の産地として知られている。


娘と渋谷からバスで早大正門前まで。都バスってどこまで乗っても210円。

安くて良いな。でも私はシニアパスで全て無料だから都民になって良かった。

開場は13時、開演は14時。

先ずイスラエル大使とリトアニア次席大使のご挨拶が30分。

千畝の母校なので、関係者の挨拶も。

満州事変から第2次世界大戦と大変な時代に生きた人道主義者杉原千畝夫妻の史実に基づいた感動のドラマ。何回見ても涙無しには見られない。

ピアノだけで全体を盛り上げている。


もしオーケストラバージョンだったらもっと素晴らしくなるだろう。

5時に終演。幸子役の新南田ゆり先生にお会いしてツーショット。

急いで帰る。既に外は暗く、再びバスで渋谷まで。


1人ではやはり無理だったな。足元が危ない。

でも娘が一緒だから安全に帰宅出来た。

夜空には綺麗な半月が輝いていた。

今日は十日夜。写真を撮りながら帰る。

文化の日。今日は芸術の秋を楽しんだ。

お休み前の音楽は、辻井さんのピアノで〝月光〟。

2022・11・12（土）

# 地始凍

今朝のお目覚めの名曲は、オケでグリーグの〝ペール・ギュント〟から朝の気分。
10日から高かった熱が下がり素敵な目覚め。36度5分だった。
娘の用意してくれた朝食は軽めで。食べると体温は少し上がり、37度。
少し動くとまだ腰が痛む。

でもコロナではなかったことが嬉しい。
朝ドラを見て、お出かけの支度。
昼過ぎお仲間がお迎えに来てくれる。
日本語教室のお当番。体の負担はないので責任感で行くことに。
昨日友人に休んでいたら、バイタリティが凄い！と言われた。

東京〜沼津往復、通院、コンサート、日本語教室など、バイタリティがあるわね、と。私は約束した事は大抵守る。責任感かな？

嫌な事はやらないけど、一度決めた事を自分から覆すことはないかな。今朝は熱も下がり、コロナも陰性だったし、たいして歩かなくてよいので出掛けた。たくさん着込んで行ったら暑くて1枚、2枚と脱いで。

沼津は23度。図書館は暑くて、扇風機が置かれた。生徒さんは6人しか来ない。講師もあまりおらず、私も相手がいないのでつまらなかった。気分的には楽で良かったけど。欠席しないで責任を果たしたかな。

今日は、七十二候の地始凍（ちはじめてこおる）。地始凍とは、冬の冷気のなかで、大地が凍り始める頃で、二十四節気の立冬の次候にあたる。大地が凍り、霜が降りたり、霜柱が立つ頃と言うのに、今日は暑くて。長袖Tシャツ1枚でも汗ばむ。沼津は23度だったけど寒がり屋の私でも暑かった。グローバルウォーミングかな。

何時ものようにスーパーマーケットで買物をして。
重たい物も玄関まで運んでくれるので助かる。
娘が手をかけて夕食を用意してくれてもあまり食べたくない。

何回も呼ばれて仕方なく起きて、何とか食べたが半分残して。
36度5分、37度と体温は上がり下がりして、また横になると36度5分になる。
咳と痰は少し減ったけどまだまだまだ。

ニュースを見る気にもならず、ただ寝ているだけ。
まるでコロナみたい。でも陰性だった。
タチの悪い咽頭炎なのか。ずっと寝ていたら熱は36度7分。
咳き込んだからか胸が痛い。

明日1日休んでいれば良くなるかなあ。酷い目にあった。
お休み前の音楽はチェロとピアノで、ショパンの〝チェロソナタ〟。

# 歳の瀬を迎える

2022・12・28（水）

今朝のお目覚めの名曲はチェロとピアノでリストの〝愛の夢〟。ピアノの名曲をチェロで。素晴らしい！

今朝、窓から空を見上げると、真っ白な雲がふんわりと所々に青い空を残して浮かんでいた。

暫くすると雲の色がグレーに変わり空一面を覆った。
お日様は陰ったけど、やがて快晴の空に眩しい程の太陽が現れ暖かくなった。

太陽の恵みを受けて、暖かなベランダに出て窓ガラスを水拭きした。
歳の瀬だもの、ガラス拭きくらいしなければ。
背が低いので、上まで届かない。

夏から初冬まで楽しませてくれた朝顔、コスモス、ひまわりの植木鉢を片付けた。

みんな精一杯咲いてくれた。朝顔は一番長く咲いていたので、早くに咲いた花の種が落ちて双葉が出ていたけど、いくら何でももう育たないだろうから枯れた茎や葉と一緒に抜いた。

やっと最後の種が採れたので片付けが出来た。

来年は、今年送ってあげられなかったお友達に種を送って、より多くの人たちが花を咲かせて心豊かに一夏を楽しんでもらおうと思っている。


娘は今日で仕事納めだと嬉しそうに出かけた。

明日は久々に鎌倉霊園経由で沼津へ。年末年始のお天気は連日晴れ模様。


暫くサントリーの第九には行けなかったけど、沼津に帰ったらＣＤで我慢して、清々と大音量で聴いてみよう。

今日はお出掛けの支度をして～。

東京の部屋には障子がないので、張り替え作業もなくこちらでお節料理を作ることもなし。


沼津に帰って歳の瀬を過ごす。

母伝来のお節は毎年、娘と私の共同作業。
大晦日は年越し蕎麦とお雑煮の支度が終わったら深夜のお掃除。

何もしなくても等しく誰の家にもお正月はやって来る。
お正月飾りや門松や鏡餅を、昔はやったけどもうやめて久しい。
日本のお正月は歳神様を迎える一連の慣わし。

お料理にはそれぞれに意味があり、祝い箸にも。
箸の両端が細くなった柳箸は歳神様と一緒に頂くのだと言う。
お餅も歳神様にお供えした尊い物だからとか。

古くから伝わる風習として伝統を重んじることは大事だけど取捨選択して日本の伝統を守りたい。
貧しかった時代、物のなかった時代は、お盆とお正月しか子供たちは着物や履物その他欲しい物を買ってもらえなかった。だからお正月はお年玉も貰えるし、嬉しいものだった。

今では物が溢れ、経済的にも私の子供の頃に比べれば隔世の感がする。
お金さえあれば何でも手に入る時代。
でもそれは一律ではなく、貧富の差が激しい時代。
日本のこれからは老人に厳しい時代になりそうで、心配。
一番弱い世代が安心して暮らせる社会であってほしい。
先人と私たち現在の老人が貧しかった時代を支えてきたのだもの。
子供たちに戦争も公害もないや豊かな未来を約束してほしい。

今日は窓拭きや鉢の整理で少し疲れた。
横になってテレビを見て体を休めた。
久々にプレミアムシネマで〝招かれざる客〟を見た。
人種の違う結婚に双方の父親が反対する。
母親同士は子供たちを祝福する。
男親は歳を取ると若い頃の自分たちを忘れてしまうものかと悲しむ母親たち。
久々に映画を楽しんだ。

仕事納めの娘は気分的にゆったりとしていた。

1年間お疲れ様でしたと声を掛ける。
私も現役時代はお休みが嬉しかった。
でも就職したばかりの頃は31日夜遅くまで働いた。
31日がお休みになった時の喜びは格別だった。
今はたしかに休日も増えたけど、未だに働き過ぎではないだろうか？
お休み前の音楽はオケでラベルの〝ボレロ〟。

## お墓参り

2022・12・29（木）

今朝のお目覚めの名曲はオケをバックにチェロでカザルスの〝鳥の歌〟。
今日も快晴に恵まれた比較的に暖かい日。
今日から娘がお休みで在宅なので、今年最後のお掃除。
年末年始を沼津で過ごす為、民族の大移動の如き大荷物を車に積んで、昼前に出発。
鎌倉霊園経由で、予想通り渋滞だった。

中々お墓参りが出来ないけど、年末だから何としてもと。

前回見つけた新しいお店、ハンバーグステーキ専門店で遅めのランチ。

霊園に着いたらもう4時。取りにくい草を抜いてお花を飾り、手を合わせる。

今日は法要もなく空いていて良かった。車中の話題は〝鎌倉殿の13人〟。

恒例の鳩サブレーを少し買って帰路に就く。

何時もの通りの渋滞にハマって、車は遅々として進まない。

でも雄大な富士山のシルエットを眺め、夕焼けに染まる七里ヶ浜から江ノ島と素晴らしい夕暮れどきの景色を堪能出来た。

大小の犬を連れ、カメラで夕焼けの美しさを撮影する人たちが多かった。

あっと言う間に真っ暗に。帰宅したらもう6時前だったかな?

最近息子が来たみたいで金魚の水槽が綺麗になっていた。

大荷物を片付けカレンダーを変えて。

干支の人形も。来る年はウサギちゃん。

夜は録画の整理。題名のない音楽会をまとめて見た。

ポストクラシカルとか、リコンポーズとかあまり良いとは思えなかった。

バッハやショパンが泣いてしまうわよ、といった感じで〜。

第九、ジルベスターコンサート、ニューイヤーコンサート、ニューイヤーオペラを予約して、サウナに久々に入って娘に背中を流してもらった。

夜空には綺麗な三日月が美しく輝いていた。

お休み前の音楽はピアノで〝亡き王女のためのパヴァーヌ〟。

著者プロフィール

**眞貝 康子**（しんがい やすこ）

1944年静岡県沼津市生まれ
高校卒業後41年間銀行勤務
沼津市より東京へ移住
沼津国際交流協会会員
沼津市多文化共生ボランティア
沼津にほんご教室ボランティア講師
元国際ソロプチミスト駿河所属
元公益財団法人沼津市振興公社理事

カバー写真提供/青木昇（現代の名工 安中市指定重要無形文化財
自性寺焼 里秋窯）

**アサガオ** yasukoのブログより

2023年6月15日 初版第1刷発行

著　者 眞貝 康子
発行者 瓜谷 綱延
発行所 株式会社文芸社
〒160-0022 東京都新宿区新宿1－10－1
電話 03-5369-3060（代表）
03-5369-2299（販売）

印　刷 株式会社文芸社
製本所 株式会社MOTOMURA


ISBN978-4-286-24166-1